徳 間 文 庫

銀 行 恐 喝

清水一行

徳 間 書 店

目次

第一章　負の遺産

1

　平成という年号にもようやく馴染《なじ》んで、五回目の正月を迎えた、北九州N県西海《さいかい》市の中心アーケード街は、不景気風にさらされてはいたが、それでも一応は華《はな》やいだ雰囲気に包まれていた。

　そのアーケード街の入口、ＪＲ線西海中央《さいかいちゅうおう》駅の目の前に、地銀中位行ながら名門の西海銀行本店ビルがある。鉄筋コンクリート地下二階、地上十二階建てで、外壁に白い大理石を使った、一見ヨーロッパの城郭《じょうかく》を彷彿《ほうふつ》させる豪壮な建物である。

　西海市一の威容を誇るその本店ビル七階役員室エリアから、正月を過ぎた一月末のある日、時ならぬ九州弁のダミ声が響き渡った。そのかすれ声の発信源は、一番奥の頭取応接室であった。

「なんてね。それなら久慈《くじ》頭取になって五年、おかげさまで銀行も新しい体制が固まったので、いままでのような付き合いはもうでけんというとね」

濁ったその声の主は、前回の衆議院議員選挙であえなく落選し、現在浪人中でいわゆるただの人……になってしまった、保守系の杉山六郎である。

六十歳に近い、小柄で丸々と太った元代議士の杉山は、陽《ひ》に焼けて首筋から上を真っ赤に染め、小鬼のような形相《ぎょうそう》で頭取の久慈悟《さとる》に迫っていた。

「ですから先生、ご案内のように、現在の土地高騰《こうとう》に対処して、監督官庁から総量規制などの行政指導が、日一日と厳しくなってておりますので、当行でもそれにあわせ、業務の見直しを致しているところでございます。そのへんのところをなにとぞご理解いただきたいのです」

杉山とは正反対に落ち着いた口調で、細い銀製フレームの眼鏡《めがね》をこじ上げながら、頭取の久慈が言った。

「大蔵省の行政指導は、あんたに教えてもらわんでも重々承知しておるタイ」

「もちろんさようでしょう」

「そいけんこそ、民間の投資が減った分をなんとかカバーしようと、わしは先頭に立ってわがN県の公共事業を増やしてきたと。N県選出の政治家として、わしが国の金を地元に引っ張ってきたけん、西海市を中心とした県北の地域経済も潤《うるお》うて、そのおかげで西海銀行は創業以来の収益を上げてきたとやなかと。そのことはわかっとるとね」

　杉山がさらにおしかぶせるように言った。

「それはもう、十分に承知しています」

「承知していて、なして長い間の付きあいば断ると」

「先刻からご説明しておりますとおり、大蔵省と日銀のご指導により、当行といたしましても、従前のようなわけにはいかなくなったのです」

「久慈頭取」

　不意に杉山が声のトーンを落とした。

「は？」

　眼鏡を光らせて久慈が杉山を見上げる。

「あんたは、わしばバカにしとるとか」

「滅相《めっそう》もありません」

「大蔵省がどうの日銀がどうのと言えば、ハイそうでございますかと、このわしが尻尾《しっぽ》を巻いて帰るとでも思うとるとね」

「わたしのご説明が至らなかったということでしたら、どうかご容赦《ようしゃ》願います」

　陽焼けした赤黒い顔を、くしゃくしゃにして吠《ほ》えまくる杉山は、まるでジャングルの中の吠えザルのようであった。

対してペースを変えずに応対する頭取の久慈は、毛並みの整ったマントヒヒである。現実の目の前の久慈は六十八歳の年齢相応と言うべきか、頭部は綺麗《きれい》に禿《は》げ上《あ》がって、周囲に地肌の光沢を照射していた。

真っ黒い吠えザルと鼻の高いマントヒヒ、それも老雄同士の対決は本人たちが真剣であればあるほど、第三者の目には滑稽《こっけい》に映った。

まさか笑うわけにもいかず、同席していた西海銀行秘書室長の落合信博《のぶひろ》は、口をつぐみ俯《うつむ》き加減に成り行きを見守っていた。

と、そのときである。

「おい、落合」

突然、杉山がホコ先を変えてきた。

西海銀行の政治献金に関する処理窓口は、総会屋対策などと同じ総務部である。落合は秘書室長になる直前まで総務部の次長をしていて、その関係で杉山とは一通りの面識があった。

「なんでしょうか」

落合信博が緊張気味に頭を上げる。

「西海銀行の去年の業績はどうやったと?」

「はい。経常収益が六百五十八億円、経常利益が六十九億円で、利益金は三十三億円でございました」

「今期の業績見通しはどぎゃんね」

吠えザルの感じではなく、わざとらしい穏やかな聞き方である。

「まだ最終的には詰めておりませんが、昨年九月期に発表した当期予想では、経常収益が七百六十二億円と、百億円程度の増加を見込んでおります」

「なら、儲《もう》かっとるとやろ」

「ただ自由金利預金の増加や市中金利の上昇、有価証券利回りの低下などの収益圧迫要因が重なり、総資金利ザヤは〇・一ポイント程度縮小する見込みです」

「〇・一ポイントといっても、ほぼ前年同様ということやないか。しかし収益は増えとるとやけん利益は出るはずタイ。それをわしらのほうに責任を転嫁《てんか》するとは、お門違《かどちが》いじゃなかかね」

「先生にあえてご説明するまでもないのですが、当行もいま経費削減に真剣に取り組んでおりまして、その一環として政治家先生方への献金につきましても、見直しを進めさせていただいているところでございます」

落合の言葉に、杉山は一瞬返答に窮《きゅう》した。しかしすぐに体勢を立て直し、先程にも増してダミ声を張り上げる。

「バカなことば言うな。毎月十万や二十万の政治献金が、どれだけ西海銀行の経営ば圧迫しとっと。それよりも経費を見直すところは、ほかにいっぱいあるとやなかね」

「経費の見直しは、業務各部全体におよんでおります。政治家への献金だけが対象というわけでは、決してございません」

サル顔を真っ赤にして怒鳴《どな》り散《ち》らす杉山に対し、久慈は、穏やかな口調ながら、一歩も退《ひ》かぬ気迫を漲《みなぎ》らせて応対した。

「頭取。あんたこのわしにそこまで言うとか。そんなものなのかどうか、わしがなにも知らんとでも思っているのか」

杉山が本性《ほんしょう》をむき出しに言い切った。

「なんでございましょうか」

風向きの変化を感じて、久慈は緊張した顔で地黒な杉山を見上げた。

「花郷町《はなさとちょう》に新築した頭取邸な、完成したのはいつやったかな」

「はあ。一昨年の七月です。間もなく一年半になりますが……」

「完成披露宴ばやったそうだな」

「披露宴などという、大袈裟《おおげさ》なものではありません。幹部行員の一部を……」

「招待状、わしには来んかった」

「先生の長崎のご自宅の立派さとは、比較になりません」

「わしを呼んでも、持っていく落成祝いが知れていると読んで、それで招待状を寄越さなかった。そう思っている」

「まさか先生」

「書画骨董《こっとう》品から東西の名酒まで、五、六十万円もするゴルフクラブのセットが、床の間に山積みにされていたと、うらやましそうに言っている者がいてな……」

いや味な杉山の言い方である。

「決してそんなことはございません」

「ま、それはええとしよう。頭取の方からさいそくして持ってこさせたわけではないだろうからな。けど西海商工会議所副会頭の黒川甲子三《きねぞう》が届けた、孫文《そんぶん》直筆だという掛け軸、黒川が自慢にしとったお宝、あれをとられてしまったとぼやいとった。前から頭取に目をつけられていたそうやないか」

「不都合がございましたら、あの掛け軸は即刻お返しに上がります」

「黒川が経営しているホテルの、貴賓室《きひんしつ》に掛けてあったから、わしも何度か見ている。孫文が長崎に遊学したとき、恩人に贈ったといういわくつきの掛け軸だからなア」

――黒川め
形勢逆転でおでこに汗を浮かべて、久慈は胸でつぶやいた。

「聞くところによると、新築した頭取の家のすぐ下に、大恩ある酒井元頭取の家があるとか。久慈頭取は豪邸の庭先から、毎日見下ろしていると……。時には酒井さん宅の裏木戸目がけて、小便をしかけることもあるらしいって、陰で噂《うわさ》してる者もいる」

「天地神明《てんちしんめい》に誓って、そのような所業《しょぎょう》を致す道理がありません。ひどい話です」

「ひどい？」

「中傷《ちゅうしょう》です」

「けどや、理由がなかったら後ろ指を差されることもない。そうじゃないか」

「まことにもって……」

「あの土地はもともと銀行のもので、行員用の寮があった所だろう」

「寮がありました」

「銀行の財産を頭取が勝手に手に入れて、自宅を建てたりしてもいいのかね」

「寮は二十五年を経過して、かなり傷《いた》んでおりました。わたしの買い取り価格は鑑定士に見積もっていただき、適法に注意を払って処理したもので、誤解を招いたとしたら不徳の至りです」

久慈は吐息で正面の杉山に、禿げ上がった頭を下げて言った。

「そう不徳だ」

杉山はさらにのしかかって言った。

「今後は十二分に気をつける所存です」

「今後だなんて、そんな悠長《ゆうちょう》なことを言っていて、間にあうのかな？」

「なんのお話でしょう」

聞き返しながら久慈は、花郷町の百二十坪の土地の入手は、やはり軽率《けいそつ》だったかなと、ほんのちょっぴりだが内心で悔《く》やんだ。しかしほかにはなにも杉山に言い立てられるような問題はないはずである。

「怨《うら》みを買っているじゃろう」

「いえ。怨みというようなものは……」

「知らん言うなら教えたる。あんた命ば狙《ねら》われとるんよ。古くからの取引先を軽んじる怪《け》しからん頭取は、この際消してしまえと息まいている連中がいる。一人や二人じゃのうて、何人もやがな」

ずんぐりむっくりで、ダルマのように手足の短い杉山が、その短い腕を、ちょこんとせり出した腹の上で組んで気を持たせるように言い、咥《くわ》えたフィルターつきのタバコに火をつけた。

神経質でみずからはタバコを吸わない久慈は、例外を認めず頭取室での喫煙を禁じていたが、そういうことも先刻承知の杉山は、絨毯《じゅうたん》に灰を落とし、吸い込んだ煙りを久慈の顔に向けて、わざとらしく吐き出した。

「消す……とおっしゃいますと？」

ほかに聞き返す言葉が思いつかなかったから、久慈は顔をしかめて言った。

「殺すということだ」

杉山が露骨な一言を、眼鏡を掛けた久慈の、貴族的と言っていい整った顔に投げつけた。

「まさか先生」

「脅《おど》しだと思ってるのか」

「いえ……」

「脅しではない証拠に、久慈頭取抹殺《まっさつ》を計画している者の名前を、わしは知っている。東南アジア系の闇《やみ》の世界の連中に頼めば、あんたがいくら威張《いば》ってみても、たかだか三十万円足らずの金で、この世におさらばさせられるそうだ。地銀とはいえ銀行の頭取の命が三十万円は、いかにも安上がりだな」

「それは困ります」

「やり方はお好みで、刺せと言われれば刺すし、撃てという指示なら撃つ。銅でつくった重い青竜刀《せいりゅうとう》で、首根っこを叩き切れという注文も、時にはあるらしい」

「古くからの取引先と言うと、どなたでしょうか」

久慈がソファーから、上体を前に突き出すようにして聞いた。

「それを言ったら、なにもかも教えてやることになってしまう。わしかていまは長年にわたった政治献金を断られ、あんたのその禿げ頭、平手で一発張りたい気分だからな。教えてやるわけがないだろう」

言って、杉山はどうだと久慈を嘲《あざけ》るように「フン」と鼻先で笑った。

「どうしてもとおっしゃるなら、わたしのこの禿げ頭を張ってください」

久慈としては、ここで中途半端な言質《げんち》を与えるわけにはいかなかった。

「昔の頭取は立派だった。とくに酒井天皇はこれこそ真の銀行頭取という、こまかいことは一切部下に委《まか》せて、堂々と二人も三人も愛人を抱えこんで、悠揚迫《ゆうようせま》らずという感じだったな」

「酒井頭取につきましては、皆さんからお褒《ほ》めをいただきます」

「見習ったらよかろう」

「勉強させていただきます」

あくまでも低姿勢で久慈が言った。

「頭取、お時間です」

そのとき秘書室長の落合が、杉山に会釈《えしゃく》をしてから久慈に向き直って言った。

「そうか」

言われた久慈が腕の時計を覗《のぞ》きこむ。

「初めにもお断りさせていただきましたが、十一時から会議がございますので、申し訳ありませんが本日はこの辺で……」

「逃げようというんだな」

「いえ決してそんな。いまの件はわたしも真剣に考えさせていただきます。その上で改めて先生のお力添えをお願いすることになるかも知れません。そのときはなにとぞよろしくおねがい致します」

腰を上げた久慈が、ずんぐりむっくりな体型の杉山に、重ねて深く頭を下げた。

2

N県の経済は、かつては造船、炭鉱、漁業が中心であった。

このうちの特に造船は、明治十七年にそれまでの国営から菱田《ひしだ》財閥に移管《いかん》された、日本最初の近代造船所があって、今日では菱田重工N造船所として、その関連企業とともに、N県経済圏の中核をなしている。

西海市も旧海軍の軍港を核にした、造船業を経済発展の基盤にして栄えてきた。西海市が軍事基地として位置づけられたのは、明治十九年湾内に海軍西海鎮守府《ちんじゅふ》が置かれたことに端《たん》を発《はっ》する。

その頃の西海は、戸数七百戸の小寒村であったが、太平洋戦争開戦直後の昭和十七年には、人口三十万人のN県を代表する軍港都市として発展し、大きく変貌《へんぼう》している。いまもアメリカ太平洋艦隊艦船の寄港地としてはもとより、米艦船の修理などを行っている西海重工業の造船所があり、西海経済圏の主力であった。

炭鉱は、終戦直後の日本経済復興の担《にな》い手《て》として、やはりN県の経済を支えてきたが、高度成長期に入った昭和三十年代後半から、急速にエネルギー革命が進み、潮が引くように各社とも撤退《てったい》していった。

代わりに台頭してきたのが観光産業である。県庁所在地のN市はカソリック天主堂をはじめ、江戸時代に唯一外国に門戸《もんこ》を開いた出島《でじま》や、グラバー邸を観光の目玉に売り出した。

一方の県北経済の中心である西海市は、対馬《つしま》や五島《ごとう》列島などを含む、西海国立公園の開発がメインであった。そして昔からの漁業。背後に豊かな対馬海流が流れ、その漁業資源は北九州をはじめ、関西、東京の台所も潤している。

いずれにしてもこの三つが、N県経済の根幹《こんかん》をなしていて、西海銀行は造船、観光、水産業、そして近年は隣接する佐賀県の伊万里《いまり》や有田《ありた》などの陶磁器産業にまで手を伸ばして、経営基盤を強化してきた。

西海銀行の資本金は百五十億円。預金高は一兆五千億円で、店舗数が百三十。行員数千九百名。

民間の基金を集めてスタートした地方銀行としては、もちろん大きいということはなかったが、小さ過ぎるということもなく、堅実に発展してきた銀行だった。

「誰だと思う」

エレベーターまで、追い立てるように杉山を見送り、頭取室へ引き返すと久慈は、落合を振り向いて不快気に聞いた。

「は？……」

落合が顎《あご》を上げた。

「消すの殺すのと、いまどき滅多に聞けないような脅し文句を、並べ立てているという連中のことじゃないか」

「杉山さんのさっきの話ですね。あんなもの口から出まかせに決まっています」

「そうかなア」

落合の返事に久慈が首をひねった。

「気になさることはありません」

「しかしだ……」

「言っている者の名前を知っているだなんて、駆け引きに決まっています」

「黒川じゃないのか」

歴代の頭取が座ってきた、年代ものの磨きこんだデスクに腰を落とすと、落合をまったく意識しない口調で、久慈が低く言った。

「え、黒川観光の黒川甲子三ですか」

「ほかにいるかね」

「黒川がいまさらそんな、ヤクザ顔負けの殺人計画だなんて。西海商工会議所副会頭で、会頭である頭取を補佐《ほさ》する立場ですよ。現在のいくつかの事業的な成功が、一体誰のおかげかということです。西海銀行に足を向けては、寝られない立場だということぐらい、わきまえているはずですが」

「ああいう男、嫌いだなぼくは」

久慈が精一杯に顔をしかめ、感情をこめて吐き捨てた。

普段、なにごとによらず冷静な久慈にしては、珍しく感情的な言い方である。頭取の命の値段が三十万円だと言われたことに、こだわっている感じだった。

「しかし当行としても、役に立った時期があったのですから」

「酒井さんか」

「黒川の場合はたしか、二代目頭取の東田《ひがしだ》誠一郎さんも、選挙なんかでさまざまに関連してくるはずでしたね」

「しかしやっぱり、四代目頭取の酒井さんだろうな」

酒井和義《かずよし》。

久慈は落合から視線をそらし、死んだ後もなお名頭取、西海銀行中興《ちゅうこう》の祖《そ》……などと呼ばれつづけている、その酒井の名前を胸でつぶやいた。

いまでこそ久慈は、西海銀行初の東大法学部出身頭取ということで、地方銀行のインテリジェンスを象徴するがごとく言われているが、実情はその東大法学部を出た久慈を、どたん場で拾ってくれた……大恩人が外《ほか》ならぬ酒井和義だった。

酒井が四十六歳の若さで副頭取になってから四年後、昭和二十八年のことである。

久慈悟は大学卒業を目前に、ゼミの教授とも相談して卒業後の就職探しに何通もの履歴書を書いた。

俊英、あるいは秀才……ではないにしても、最終的には必要な単位も取って、成績もそこそこ。普通なら就職活動に奔走《ほんそう》しなければならないということはない。曲がりなりにも東大法学部の卒業予定者なのである。しかし就職先はみつからなかった。原因は久慈の年齢にあった。

大学卒業者の年齢は、普通二十二、三歳から二十四歳くらいまで、三浪しても卒業時は二十五歳である。だが久慈はこのとき二十八歳であった。

普通より六年も遅れていた。計算上は大学の卒業に十年かかったことになる。

久慈の父時男《ときお》は戦前からの左翼運動家で、日本敗戦の直前には、三年近くも思想犯として刑務所に放りこまれていた。五男一女の家庭を支えてきたのは母のまきである。まきは一番下の息子を背負い、早朝の午前四時から西海市の魚市場で働き、六人の子どもを養い育てるために頑張った。

「大学へすすんでくれ。それも東京帝大の法学部へすすむこと」

獄中の時男は、みずからが望んで果たせなかった大学進学の夢を、長男の久慈に託し、それも当時の呼び方で東京帝国大学法学部だとわざわざ指定してきた。当時も現在も、東京帝国大学、つまり東大は最大の挑戦対象であった。

しかし女の細腕で、六人の子どもを育て上げることも難しいときに、その中の一人をさらに大学へやることなど、望むべくもなかった。

極貧《ごくひん》に近い生活だったのである。

「俺が働く、大学はいつでもいい」

「そんなことをしたら、とうちゃんに申し開きができない。なんとかして大学へ行かせる方法を考えるから」

「いいんだ。それよりいまは母子《おやこ》七人が生きていくことが先決だよ」

久慈は旧制中学五年を修了すると、造船所の職工になって働いた。ただ、働きながらもいずれ父の時男に言い訳ができるようにと、独学の勉強だけはつづけていた。

「いつかとうちゃんが出てきたら……」

母のまきも、自分を励ますようにそう言いつづけていた。

やがて日本の敗戦。

釈放された時男は、軍閥、財閥への反抗者、時代の寵児《ちょうじ》として迎えられた。当然まきの苦労は報われ、久慈もこれからは大学進学のための勉強に、打ちこめるようになるものと思った。だが獄舎《ごくしゃ》から温かい自宅へ帰りついた時男は、二カ月後に獄中で患《わずら》った肺結核で、大喀血《だいかっけつ》の血の海のなかで絶命した。

時計の動きがすべてもとへ戻ってしまったのである。

久慈はこのまま造船所の職工で、母を助けて弟妹のために働きつづけようと思った。大学進学など夢のまた夢になってしまった。

「いいよ。悟はあんた東京へ行きな。東京で働きながらチャンスを見て、大学へ行けそうだったら行ったらいいと思う。かあちゃんは五人の子ども達と頑張るから」

「え、一人で東京へ！」

「あんた二十歳でしょう。東京だけじゃなく、世界中どこへだって一人で行けないでどうするのよ」

母のまきは久慈に、自分の口からは苦学という言葉こそ言わなかったが、一人で働いて同時に大学へ行くようにと、そういう含みの励ましであった。アルバイトという言葉が定着する前で、だが学生の過半数は街頭のピーナッツ売りなどをして、自分の手で学費を稼ぎ出していた。

上京した久慈が見つけた働き口は、神田《かんだ》の製本屋だった。

N県出身の久慈が知っている、数少ない東京の地名の一つが神田であった。あとは皇居と靖国《やすくに》神社。神田の本屋街の裏道にしもた屋風なその製本屋があった。飛びこみである。

なにしろ東京に知り合いは一人もいなかった。

それにしても九州の外れ、西海市からのポッと出の久慈が、飛びこみであっさり採用されたのは、九州弁丸出しでしかも「来春帝大法学部を受験するつもりです」と臆《おく》せず言い切ったことと、戦後の出版ブームが仙花紙《せんかし》と呼ばれた再生紙で口火が切られて、製本業は多忙を極めていたためだった。

「どこで寝る」

鼻眼鏡の店主が、整った久慈の顔を上眼で見ながら聞いた。

「あ。ええ……。どぎゃんしたらよかとでしょうか」

「なんだ。仕様がねえな。じゃ作業場の隅に布団を敷いて寝な」

「ありがとうございます」

製本業の作業場はかなり糊臭《のりくさ》かったが、日中は従業員が床《ゆか》の上に座り、印刷された紙を折って丁《ちょう》を取り、かがって天のりをつけ、一冊分ずつに仕上げていく。土足で出入りするわけではなかったから、布団を敷く前にちょっと掃除をすれば綺麗になった。

ともかく給料は安かったが、これで仕事と当面の宿泊場所が確保できた。食事は二階に住んでいる製本屋の家族と、一緒にすればよかった。

そして次の年の春、久慈は見事に東大の入試に成功する。

だが働きながらの勉強は楽ではなかった。その上自分のことだけ考えていればいいというわけにはいかない。魚市場で働いている母を、弟妹のためにも経済的に助けなければならず、そのためには決められた以上の時間分を、働かなければならなかった。入学してから卒業まで、結局七年もかかってしまった、これが原因である。

二十八歳の新卒……であった。

思うような就職先もみつからず、最後に藁《わら》にもすがる思いで生まれ故郷の西海銀行に提出した履歴書が、若い副頭取として、銀行の実権を握っていた酒井の眼に止まった。

「これ、調べてみろ」

久慈の履歴書を見て、酒井が人事担当者に指示をした。

東大法学部卒業見込みという学歴にも興味があったが、西海市の出身であり、一体、旧制の中学校を卒業してから、十年間もかけてなにをしていたのかだった。

「学生運動でしょうか」

「だからなぜなのか調べるんだ」

酒井自身、西海銀行では人事部長が長かっただけに、行員の中に一人ぐらいは、東大の出身者がほしいと思っていた。

調査の結果は、当人に関してなにも問題がないことがはっきりした。

「ただ父親は九州では知られた左翼運動家のようでしたが、八年前に死亡しています。母親は西海市の魚市場で、下働きのようなことをして、収入を得ています」

「よし。採用しよう」

人事の担当者は、早速面接日を指定した通知を出した。だが久慈が姿を現したのは、指定された面接日の三日後。

「西海市に戻っていましたので、銀行からの通知が東京から転送されてくるのに、時間がかかってしまいました」

「しかし履歴書には東京の神田と、住所が記入してあったはずだ」

「はい。働いていましたから……。実は母が一週間前に亡くなりました。西海市へ戻っていたのはそのためです」

「え、お母さんが亡くなられた。そうか。そういう事情なら止《や》むを得ないな。しかし当行で君の採用を決めた場合、間違いなく入行してくれるだろうね」

人事部長は色白な久慈の顔を覗きこんで聞いた。

「母が急死して、わたしが五人の弟妹の面倒を見なければならなくなりました。西海市勤務が認めていただけるのでしたら、ぜひ働かせていただきたいと思います」

「それはだいじょうぶだろう。入行当初は本店での研修もあることだし……」

人事部長があっさりうなずいた。本当は酒井副頭取の意向で、なにがなんでも採用しろと言われているのだと、正直に言いたいところだった。

一方の久慈も、東京で一流企業に就職することはできなかったが、それでもともかく郷里の西海市で、地元を代表する銀行に入れたことを、せめて生前の母に知ってもらいたかったと思った。

しかし銀行の方は、それでもまだ久慈悟が本当に入行してくれるのかどうか、疑心暗鬼《ぎしんあんき》だった。

「だけど東大法学部だからなア」

人事部長からの報告に、なおも酒井はそう言って首をひねった。

「例外の好条件を提示しましょうか」

「どういう？」

「初任給にプラスアルファーをつけるとか」

「ウン……」

「五人の弟妹がいて、彼が面倒を見なければならないそうです。どうでしょうか、弟妹の五人を特例として扶養家族として認めて、手当を出してやったらいいと思います」

「それは名案だ。裏取引でヤミ給与を認めるより、扶養家族手当なら大威張りだし、彼も喜ぶだろう」

久慈は五人の扶養家族手当をもらって、西海銀行へ入った。

ところが新入社員としての、定められた三カ月間の研修期間が終了すると同時に、久慈は開設一年目の東京支店へ転勤を命じられたのである。

「君以外に、東京の地理に精通している若い行員がおらんのだよ」

「しかしそれでは約束が……」

「その代わり東京勤務には手当がつくから、弟や妹はこっちへ残していっても、なんとかなるはずだ」

西海市で働くことが、最初からの条件だったのにと、いまさらごねてもはじまらない。特に副頭取の酒井が自室に久慈を呼び、「君にはこの銀行でたくさんの仕事をしてもらいたい。二十年後には銀行を背負って立ってくれるだろうと、期待している」と、久慈の顔を覗きこみ、肩を叩きながら言った。

縁故採用中心の田舎《いなか》の銀行だったから、久慈の存在がなおさら光った。

弟妹はすでに三人が働いていたから、残りの二人を親類に預け、久慈は昭和二十八年の秋、死んだ母の遺骨を荷物の中に納めて、東京へ向かって西海市を後にした。

3

西海銀行の現在の基礎を築いたのは、二代目頭取の東田誠一郎である。東田は積極的な周辺銀行の合併吸収策で、営業基盤を拡大していった。

この東田頭取が、頭取の肩書のまま、当時の日本進歩党の公認を得て昭和二十一年に、

N県第二区から戦後第一回目の衆議院選挙に打って出た。経済人の東田は政治のことはなにもわからない。もちろんどうすれば選挙に勝てるか、その方法も皆目《かいもく》見当がつかなかった。

「どうしても選挙に出たい」

東田は当時専務だった酒井和義に、なにかをねだる子どものような口調で言った。

「代議士になってなにをなさるおつもりですか」

「修正資本主義の旗を押し立てて、民主主義国家を建設するんだ」

クリスチャンだった東田は、本気で国政への参画を夢見ていた。

こうなっては酒井も、頭取のためだったから、本腰を入れて取り組むしかない。結果を先に言うと、当選した東田は、すぐさま片山内閣の運輸大臣になり、引きつづいて芦田《あしだ》内閣の大蔵大臣になってしまうのだから、いまも昔も安直《あんちょく》というか、政治の次元はお世辞にも高いとは言えなかった。

東田の選挙参謀をつとめることになった酒井は、熊本の出身で銀行屋には珍しい親分肌に加え、豪放磊落《ごうほうらいらく》、責任感の強い男であった。それに決断が速く、行動力も抜群だったから、早くから頭取候補として頭角《とうかく》を現していた。

誰にたいしても面倒見がよく、清濁併《せいだくあわ》せ呑《の》む性格の持ち主で、当然のことながら交際範囲も広かった。

その酒井が票の掘り起こしのための、主ターゲットとしたのが漁業関係者と炭鉱関係者だった。酒井は中小の炭鉱主や炭鉱夫を総動員し、加えて漁業関係の票を取りまとめるため、身を粉《こ》にして東奔西走《とうほんせいそう》、その酒井の手足となって働いたのが、炭鉱地帯に巣食っていた親分衆だったのである。

当時の炭鉱は、ヤクザとは切っても切れない関係にあった。

流れ者の多い採炭夫たちを仕切るには、ある程度まで力の支配が必要だったし、賭博《とばく》場《じょう》や青線と言われた非公認の売春宿に関与するなどして、彼等は炭鉱周辺の裏社会を支配していた。

そのヤクザが買収や供応《きょうおう》、脅しなど、ありとあらゆる違法な手段を使い、やりたい放題で東田票の掘り起こしに活躍したのである。その結果、東田は予想を覆《くつがえ》して当選を果たしたが、その選挙で西海銀行は、将来にわたる重い負《ふ》の遺産を背負うことになった。

その一つが得体《えたい》の知れない男、黒川甲子三であった。

黒川は大正十三年三月生まれ。香川県の出身だが海軍経理学校を卒業していて、戦時中はその海軍から派遣されて西海市内の軍需工場に勤め、終戦と同時に軍需工場で知り合った西海市出身の敏子《としこ》と結婚して、そのまま市内に住みついていた。

戦時中、皇軍兵士として尊敬を集め、もてはやされた職業軍人たちは、敗戦と同時にその立場が一転したことを知る。

黒川も例外ではなかった。だが黒川は、すぐに方向転換した。

もともと頭が切れて、海軍経理学校出だったからソロバンも達者な黒川は、敗戦ですべての機能が麻痺《まひ》し、統制のとれなくなっているいまこそ、人生のチャンスと考えた。

当時西海軍港前の公園には、海軍の隠退蔵物資《いんたいぞうぶっし》がうずたかく積まれ、そのなかには、黒川が派遣されていた軍需工場で生産した軍手や靴下なども含まれていた。幸いなことに、それらの物資の見張り役は、かつての黒川の部下たちであった。

黒川は、その男たちを丸め込み、夜中に物資を担ぎ出して荒稼《あらかせ》ぎをしたのである。

「黒川主任、よかとですか」

不安そうに見上げる部下に、

「よかと。なにも気にするな。貴様も知ってるだろうが、工場長とかの幹部連中は、敗戦の翌日には工場の倉庫から直接、退蔵物資を盗み出しとったんだ。おれたちが戦争に敗けたといって悲嘆に暮れているときに、幹部連中は堂々と儲けてやがる。これからはお国のためでも天皇陛下のためでもない。自分のために生きなければ誰も助けてくれないぞ。たとえ見つかってもおれは貴様たちのことは絶対に口にしない。心配せんでもよか」

香川県出身の黒川は九州弁も混ぜて言うと、毎晩のように借りてきたトラックを公園脇に停め、次から次へ隠退蔵物資を運び出した。終戦直後の、文字通り生活物資が払底《ふってい》していた時代である。運び出したそれらの物資は、右から左へ飛ぶように捌《さば》けた。

やがて市内に闇市《やみいち》が立ちはじめ、それらの物資を専門に横流しする仲買人が出現すると、黒川は彼等とつるんで、さらに荒っぽい仕事を手がけた。

隠退蔵物資の横流しが一段落すると、つぎに黒川は、儲けた金で西海市一の繁華街である栄町《さかえまち》に、米兵相手のバーをオープンし、店は年上の愛人にまかせて、みずからは香具師《やし》のような仕事をしながら、近隣の農家から古い民具品を集めてきては外国人相手の商売をしていた。

ただ黒川甲子三が普通のヤミ屋と違っている点は、常に先を見越して手を打つことを忘れないことだった。

バーの開店もその一つ。

その黒川が考えた。これからの事業は資金力だということ。強力な金主を確保しなければ、一夜成金で終わってしまう。一番確かな金主はなんといっても銀行。銀行の金庫には山のような金が眠っている。

西海銀行に眼をつけ、なんとか喰いこもうと思っているとき、東田頭取が衆議院選挙に立候補したのである。

黒川は西海銀行へ飛びこんでいった。

「何票集めればいいんですか」

選挙参謀として、采配《さいはい》をふっていた専務の酒井に会うと、のっけから黒川が勢いよく切り出した。

「多いほど……」

「一票につき千円ずつ出してください。わたしが懐《ふところ》に入れるわけではありません。わたしのお目当てはこれを機に、専務さんと面識を頂くことです」

一票千円というのは、預金が封鎖され、世帯主は三百円、それ以外は一人百円しか引き出せなかった時代に、ベラボーな額であった。

しかし金は銀行の金庫にあった。

「いいだろう。金は出す。だからなにがなんでも頭取を当選させるんだ」

「やります。委《まか》せてください」

胸を叩いた黒川は、闇市時代の顔で県内の親分筋に、片っぱしから渡りをつけ、一票千円の買収資金を配って回った。

「いま銀行に貸しをつくっておけば、将来は必ずいいことがある」

それは口説《くど》き文句であると同時に、選挙に肩入れする黒川自身の計算だった。ともかく一票が千円で、十票一万円、百票で十万円、千票なら百万円である。黒川の手から大金が流れ出すと同時に、東田誠一郎陣営は盛り上がり、新聞の予想でも当選圏入りが報じられるようになった。

「大野組の親分です」

「こちらは山本興業の会長です」

なおも黒川は買収、供応、脅しと、あらゆる手をつくして東田の票集めに奔走、一方でヤミの世界の人間を銀行へ連れてきて、つぎつぎに酒井に紹介した。

選挙の結果は東田のトップ当選。

「ありがとう。君のおかげだ」

酒井は黒川の手を握って言った。

「これからは専務さんをおやじさんと呼んでもいいですか」

「おお。好きに呼んでくれ」

酒井は上機嫌だった。

将来への事業資金調達用布石《ふせき》ということだけではなく、黒川は親分肌の酒井より二回り近くも年下ということもあり惚《ほ》れこんだ。一方の酒井も銀行マンにはないタイプで、行動力抜群の黒川が気に入って「クロ、クロ」と、黒川を銀行に呼びつけたりした。

黒川も三日とあげず銀行へ顔を出し、新鮮な魚が手に入ったからとか、今年の新米が出たといっては、わざわざ自宅へ届けてくれる。九州を直撃した台風で屋根が飛びそうになったときは、どこからか職人を連れてきて、みずから屋根にのぼり、夜を徹して修理をしてくれたこともあった。

親分肌で開けっぴろげだっただけに、酒井は市内の小料理屋で飲んでいて興《きょう》が乗ると、すぐに黒川を呼び出し、ボディーガード代わりに引き連れて歩いた。また贔屓《ひいき》の芸者を伴い、嬉野《うれしの》などの温泉地や唐津《からつ》の海岸へ遊びに出かけるときも、決まって黒川にお供を命じるようになった。

三年後に酒井は四十六歳で副頭取に。

東田を当選させて押し上げてしまえば、自分の地位も自動的に上がると、酒井は初めから計算していた。

頭取には東田の腹心だった大友浩治《こうじ》が座ったが、実権は行内人事を完全に掌握《しょうあく》していた酒井にあって、副頭取でありながらすでに〝天皇〟と呼ばれていたくらいだった。

黒川は副頭取になった酒井を、本気で口説きはじめた。

「おやじさん、これからは日本流のお座敷や芸者の時代じゃありません。靴を履《は》いたまま遊べるアメリカ流の床遊びですよ」

「そりゃなんね」

「キャバレーです」

黒川は副頭取室へは顔パスで、まったく面会のアポをとらずに出入りしていた。

「カフェのことね」

酒井は、背後に回っていつものように肩を揉《も》む黒川の手を払いながら聞いた。

副頭取室に入ると、そのまま執務机を回り込んで、おきまりの手順のように酒井の肩を揉むのが、黒川の一日の挨拶代わりになっていた。

「おやじさんは古いんですよ。昔のカフェは、女給がお客相手に酒を飲ませるだけじゃないですか」

「そうとばかしも言えんたい。昔はコレもオーケーやったと」

この当時は中肉中背で、肥満しはじめる直前だった酒井は、人差し指と中指の間から親指の先を突き出し、銀行の副頭取とは思えない、卑猥《ひわい》な笑いを浮かべて黒川を見上げた。

「おやじさんは、コレが好きですからね」

黒川も小指を立てて笑いかけた。

さんざん芸者遊びや、西海市内の夜の町を引き回されて、黒川は酒井の趣味がわかっていたから、二人が会うと必ずといっていいほど女の話になった。そういうときでも年寄りには、褒《ほ》めて、褒めて、褒めちぎること。とりわけ権力欲の強い年寄りにはいくら褒めても褒め足りることはない……。

それが黒川の、老人を相手にするときの処世術だった。

「これからは酒、女、ダンス、そしてショーを見せるキャバレーの時代です」

「このご時世に、誰がそんな店に遊びに行くと」

「アメちゃんがいるじゃないですか。西海湾の軍港には帝国海軍に代わって、アメリカの太平洋艦隊が駐留しているでしょう。アメちゃんは腐るほどドルを持っています。ドルを使う場所さえ提供してやれば、絶対に儲かります」

「ばってん、アメリカ兵相手に、女はどぎゃんすると」

「女はいくらでも調達できます」

「でっかいアメリカ兵の、相手ができるおなごがおるやろか」

「おやじさん、女のあそこはゴムみたいなもので、お産ができるくらいですからね、アメリカ兵がいくらでかくても平気。それに芸もなんもいらん。洋服を着て胸元を開け、スカートの裾《すそ》をヒラヒラさせた若い女なら、だれでもよかとです」

黒川は、博多《はかた》の繁華街では戦争未亡人だけでなく、素人《しろうと》の若い女性までが街頭に立ち、米兵と遊び歩いている様子を、身振りを交《まじ》えながら伝えた。

「若かおなごがねえ」

「夜の女は全部、二十二、三歳だったですよ。女は強いですからね。食うためにはなんでもします。日本も男女同権になったんですから、女が働いて稼げる場所をつくってやるのも、おれたちの務めだと思います」

ひどい理屈である。黒川のお目当ては金儲け以外にはなかった。

ともかくこの前後に、戦争中の料飲禁止令が解除になるらしいという噂があって、それを先取りしたキャバレー開店計画で、黒川らしい素早い行動だった。

「やってみない」

酒井のゴーサインが下った。

必要資金は全額西海銀行からの融資だったから、可能な限り豪華に、本場のアメリカでも滅多にお目にかかれない、キャバレー〈銀の馬車〉がオープンした。得意の黒川は二十四歳の若いオーナーである。

〈銀の馬車〉は、オープン当初は黒川の読みの通り、アメリカ兵ばかりが客だったが、素人同然の若い女が多くて面白いという評判がたつと、徐々に日本人のお客も増えていった。

さらに一年後の昭和二十五年六月に、朝鮮半島で戦争が勃発《ぼっぱつ》すると、西海軍港は朝鮮半島にもっとも近い連合軍の兵站《へいたん》基地として、空前の特需《とくじゅ》ブームに沸《わ》き返《かえ》り、その金で潤った中小企業経営者や漁業関係者、炭鉱主などがキャバレー〈銀の馬車〉へ大挙して押しかけるようになり、連日芋《いも》を洗うような大活況を呈《てい》するにいたる。

〈銀の馬車〉の店内は、朝鮮半島の最前線から一時休暇で帰還した米兵と、日本の中小企業主たちで、毎晩あふれ返り、テーブルの上を細長いドル紙幣と、発行されたばかりの千円札が、女の嬌声《きょうせい》に交じって飛び交い、黒川はそれらの紙幣を一斗缶に足で踏みつけて押し込み、西海銀行へ持ち込むのが日課になった。

「どうな。〈銀の馬車〉は今夜も相変わらず忙しかごたるね」

銀行の業務が終わると、酒井は時折一人で〈銀の馬車〉へ顔を出すようになった。

〈銀の馬車〉の社長室、つまり黒川の室はホステスたちの控室の奥にあった。だから社長室を訪ねようとすれば当然、控室を通らなければならない。銀行の業務が終わって駆けつけると、ちょうど出勤直後の女たちが、ロッカーの前で着替えをしているところに出くわすのである。

西海市の三業地で、さんざん芸者遊びを重ねてきた酒井も、二十二、三歳の若い二、三十人もの女が、シュミーズ一枚で、むちむちした白い肌をさらけ出して、着替えをしている脇を通り抜けるのは、弛《たる》んだ皮膚が緊張で蘇《よみがえ》るくらい新鮮な快感だった。

「金髪のな、外国人の女っていうの、わしまだ経験したことがない」

「まかしといてください」

「おるやろか」

「朝鮮戦争で旦那が戦地に出かけ、ひとりで家におってもなにも、することがないといって一週間前からアルバイトに来ている女が一人います。大柄でオッパイはデカいし、腰もくびれていい体をしてますよ」

黒川は自分の胸のあたりで、左右の手を持ち上げるような仕種《しぐさ》で、西海銀行の天皇で、実力者酒井和義の顔を窺《うかが》った。

東田の選挙を機に、西海銀行へ深く喰いこんだのは黒川一人ではなかった。黒川が酒井に引き合わせた闇の世界の人間だけでも、十人や十五人ではきかなかった。誰もが黒川と酒井のような関係にはなれなかったにしても、それぞれに人脈がつくられ、それに乗って喰いこんでいた。

昭和二十八年に黒川は、〈ともだち金庫〉という金融会社を設立した。はじめの動機は、いつも給料日前に前借りにくるホステスから、どうせなら利息を取って貸してやろうということ。給料だけではなくホステスとして採用が決まると「前借りはできませんか」と、半数以上の者が申しこんできた。そのうちホステスを介《かい》して店のお客にも貸すようになる。

金は西海銀行から借りてくるのだった。

西海銀行ではちょっと貸しづらいお客も引き受けて、まさに平成のいま問題の都市銀行とノンバンクの関係。黒川は五十年近く前にその仕組みを考え、事業化していたことになる。

昭和二十九年に入ると、黒川はさらに事業を拡大した。西海市内で〈プランタン〉というタクシー会社を設立した。保有車輛《しゃりょう》三十台、運転手二十五人を雇い、新たに観光事業に乗り出したのである。

西海銀行の実力副頭取、酒井和義の応援があるとはいえ、三十歳で三つの会社と一軒のキャバレーを経営し、順調に伸ばしていく才覚は、やはり並大抵《なみたいてい》のものではなかった。そして昭和三十六年六月、黒川の絶対的な後楯《うしろだて》である酒井が、ついに西海銀行のトップ、頭取に就任する。

4

世はまさに、池田内閣が策定した高度経済成長のまっさい中で、西海銀行は酒井が頭取に就任して一年後の昭和三十七年十一月に、預金量五百億円を突破した。経済の状況はすべてにおいて、右肩上がりの成長をつづけたこの時期、西海銀行はさらに業績をのばし、つれて酒井のワンマン的な、〝天皇〟と呼ばれる傾向は強まっていった。

敗戦直後の専務から副頭取の時期、酒井はよく働いた。必死に働く酒井の姿に、行員の信望が集中した。

だが頭取になったとたんに、酒井は仕事を部下に委《まか》せ、持ちこまれる重要問題のジャッジをするだけで、みずから顧客を訪ねたり、大蔵省との折衝《せっしょう》に、列車の煤煙《ばいえん》を浴びススだらけの真っ黒な顔で上京、仕事を終えるとその日にトンボ返りで戻ってくるという放れ業は、一切《いっさい》しなくなった。

いつも頭取室に納まっていた。

土、日、祝日以外は、ほとんど一日の抜けもなく、秘書室長がつけている頭取スケジュール表に、夜の予定が記入されていた。賑《にぎ》やかな酒席好きだったから、その予定をキャンセルしたりはしない。それでますますさすがは天皇、西海市の殿さまらしい立派な頭取だと言われるようになった。

皮肉ではない。

地元の人たちにとって、地方銀行の頭取はお殿さまなのである。

お殿さまは身辺に何人もの側室《そくしつ》をはべらせ、悠然と構えていなければならない。ときには新しい側室の開拓もしなければならなくなる。

そういうときの話し相手は、元気のいい黒川のような男が一番だった。

「思うんですけど、おやじさんのこの頭取室も、ちょっと狭くていまになると息が詰まりそうですね」

「なに。頭取室がどうしたって？」

「間もなく預金高も、一千億円に達しようっていう銀行なんですから、本店ビルを建て直すべきだと思うんですよ」

「本店ビルの建て直しか」

黒川の言葉に酒井はなるほどと思った。

「そうです。器《うつわ》が立派になれば、預金だってうんと集まりますよ」

「そんなことはないだろうが……」

「いえそういうものです。もし西海銀行本店ビルを建て直すとなったら、東京の大手ゼネコンに頼むんでしょうけど、おやじさんの口利きで、ぜひ木下建設を二次下請けに入れてやってくださいよ」

「本店の建て替えを勝手に決められても困るぞ。木下建設って誰ね」

「うちの銀の馬車の工事を請け負った地元の業者です。西海市では中堅の建設会社で、技術は確かですよ。そうそう、おやじさんの家の増改築とか修理があったら、おれに一言言ってくれれば木下に伝えます。いい仕事しますから」

「そうか、それは考えておこう」

「ぜひ頼みます。それとは別に、きょうは、もう一つ話があるんです」

「なんね」

酒井は顔を上げて、頰骨《ほおぼね》の尖《とが》った黒川の艶《つや》のある額《ひたい》を一瞥《いちべつ》する。黒川はいつもこんな調子で、自分の息のかかった者を、西海銀行に押しつけてくるのだった。

「こないだのうちの店の女、あれは粗マンだったたんじゃないですか」

酒井の好きな下半身ネタになっていく。

「銀の馬車の女……か」

「れい子ですよ」

「あのね、わしが遊んだ女の味がいいか悪いかなんて、どうしてあんたが知っているのかね。おかしいじゃないか」

「見ればわかりますからね。女は体つきを見ればあそこの具合はわかります」

「わかってたのなら、遊ぶ前にやめときなさいって、注意したらよかろう」

「でもおやじさん、頭取になって二年経《た》ったんです。もういい加減に一回限りの打ちっぱなしはやめた方がいいですよ。なにが起こるかわかりませんからね」

あっさりと、黒川は変わり身の早さで、酒井の疑念をかわしてしまった。

「なにが起きるというんだ」

「コレも見てることだし」

黒川は人差し指で頬を切る真似をして言った。

「まあ行儀よくせんと、いかんとは思うとるけど……」

——黒川め
酒井は胸でつぶやきながら、とりあえずは当たり障りのない言い方をした。

〈銀の馬車〉のれい子は二十三歳だと言っていた。顔の色は特に白いということはなかったが、裸になったときの胸、乳房ではなく胸の肌が透けて白かった。ホルモンというものは、特に女を美しく造形すると感心しながら、酒井は三度ほど一緒に寝ていた。

それをいまになって粗マンだなどと。粗マンかどうかなどということは、相手に手を出さなければわからないはずである。つまり酒井より先か後かはわからなかったが、黒川はちゃっかりれい子の味見をしているということだった。

「行儀よくするには、この辺で決まった女を持つことです」

「二号を囲えと？」

「ちょうどいいのがいるんですよ」

いつもこの調子で、黒川は用意のお膳立てに酒井をのせてしまう。

「年はいくつね」

「三十を出たとこです。二号となったら二十代のチャラチャラしてるのより、三十代でしっとり落ち着いてる女の方が、気が休まっていいと思いますけど」

「どこの女だ」

「うちの〈亀遊閣《きゆうかく》〉の仲居です」

「またおまえのとこの女か」

「けどおやじさん、こないだの戦争で父と兄を失い、それで婚期を逸《いっ》して、母と妹を食べさせるためにですよ、亀遊閣で働いているんです。日本人にしては胸も大きいしグラマーで、男好きのする顔ですよ」

まるで牛太郎《ぎゆうたろう》だった。

すこし前に黒川は、西海湾からその先の遥か五島列島にまで連なる、西海国立公園を一望できる、高級割烹旅館の〈亀遊閣〉を買収していた。

〈亀遊閣〉は古く明治初期の創業で、日露戦争で日本海海戦に出陣する東郷平八郎元帥《とうごうへいはちろうげんすい》が、戦勝祈願の祝いをしたホテルとしてよく知られていて、以来、旧海軍と戦後は海上自衛隊の、指定宿泊所になっている由緒《ゆいしょ》ある老舗《しにせ》だった。

黒川は〈亀遊閣〉を買収すると、酒井を口説いて西海銀行の指定旅館にしてもらい、たちまち営業用のハクづけをした。さらに大蔵省や日銀、県職員の接待をはじめ、酒井以下の幹部行員の慰労会、忘年会などに頻繁《ひんぱん》に利用されるようになった。

引きつづいて黒川は、黒川観光を設立。ホテル、金融、タクシー会社、観光事業のほか、買収した高級中華料理店、ビジネスホテルなど数社のオーナーとなり、グループ企業全体で年間五十億円を売り上げ、西海市の実力事業家になっていた。

「自分が愉《たの》しんだお古を、わしに押しつけようとしても、そうはいかん」

酒井は〈銀の馬車〉のれい子のことがあったから、恐《こわ》い顔で首を振った。

「おやじさんがなにを心配してるかよくわかってます。おやじさん、西海銀行の女子行員の制服とか事務用品といった備品代は、年間どれぐらいになってますか」

黒川は酒井の言葉は聞こえなかったという顔で言った。

「備品代か。正確に調べたことはないが、店舗数が本支店あわせて百三十もあって、女子行員も千人以上おるけん、年間にすると相当なもんじゃろうな」

「その備品を購入する際、わたしが経営する小さな商事会社を通すようにしてもらえませんかね」

黒川はいつのまにか有限会社黒川商事を設立し、その会社で備品購入の際のマージンを取り、それを酒井の二号の生活費にすれば、酒井は一銭も負担しなくて済むはずと説明した。金の心配さえなければ、気軽に愛人を囲えるだろうと……。

「すると、黒川商事は単なるペーパーカンパニーというわけか」

「女子行員の制服の洗濯代とか、机や書棚もばかにならんでしょう。値段の嵩《かさ》む備品は黒川商事が購入してリースにすれば、銀行の経費も浮くはずです。あと、社内食堂や行員の休憩室に自動販売機とか、コーヒー沸かし機を置かせてもらえれば、結構な上がりになるんですよね」

「しかし、いくらなんでもわしが囲う女にだよ、黒川商事から毎月の手当を出すのは、まずいだろう」

「そんな下手《へた》なことはしません。良枝っていうんですけどね、その仲居。良枝のお袋さんを黒川商事の役員に据えて、そっちへ給料を払えば問題ないでしょう」

「お前は、ほんとうにそういうことには悪知恵が働くとやね」

「おやじさん、冗談じゃありません。わたしはおやじさんに喜んでもらいたい一心で、いろいろと考えてやっているんですよ」

「まあよか。良枝とかいうその女のことは一度会ってみよう。それと黒川商事もつくればよかたい」

お殿さまは鷹揚《おうよう》にうなずくのだった。

しかし日に日に頭取の酒井が、超ワンマンになっていくにつれて弊害《へいがい》が出はじめた。酒井の威光を笠に、黒川の横柄《おうへい》な態度が目立つようになったのである。

黒川は西海銀行の行員の勤務姿勢に、いちいち注文をつけたり、酒井を通して人事にまで口を挟《はさ》むようになった。支店の融資係の対応が悪かったりすると、翌日には支店長が直接、担当役員に呼び出される。

「昨夜黒川さんから頭取の方にお話があったらしい。今朝一番にわたしが呼ばれて、頭取からお叱《しか》りを受けた。よく注意してくれたまえ」

支店の融資係や支店長に弁明の余地はなく、一方的に伝えられるだけだった。

そんなことが重なり、西海銀行の行員は窓口の女性から幹部にいたるまで、黒川を恐れ一目置《いちもく》き、完全にＶＩＰ扱いをしはじめた。それだけではなく、やがて黒川に取り入って点数を稼ぐ行員まで出てきた。

「今度、天皇陛下が西海市に行幸《ぎょうこう》されるそうです。宿泊先はまだ未定だそうですから、よろしかったら黒川社長、頭取を通じて陛下に亀遊閣へお泊まりいただくよう、市と県に働きかけたらいかがですか」

「ご宿泊先がまだ決まっていなかったんですか。それじゃさっそく」

「それから来月ですが、監督官庁の検査が入る予定になっていますが、その打ち上げを亀遊閣にお願いすることにしました。その際、芸者を五、六人と、あと二次会は栄町の銀の馬車でやるよう、事務方に手配しておきました」

黒川が西海銀行を訪ねると、わざわざ駆け寄って、そんなことを耳打ちする幹部たちが何人かいて、お追従《ついしょう》合戦になった。

さらに黒川のＶＩＰ待遇が、西海銀行の内外で評判になるにつれ、それ以外の恐持《こわも》てたちにたいする対応も、自然に甘くなっていく。とりわけ政治家や政治団体にたいしては、東田誠一郎の衆議院選挙以来の経緯《けいい》もあって、来る者は拒《こば》まず……という、伝統的に事なかれ主義の、なにごとも金で始末をつけるという姿勢を強めていった。

この風潮は酒井のあとを継ぐ猪口《いのぐち》前頭取の時代も、ずっと続いてきた。

換言すれば、これこそが東田が衆議院選挙に打って出た昭和二十一年以降、五代目頭取の猪口が病没して、久慈悟に六代目頭取の椅子が回ってくる平成元年まで、四十三年間も西海銀行を呪縛《じゅばく》しつづけてきた、負の遺産にほかならなかった。

この四十三年間のうちの半分以上、二十四年間が酒井の頭取時代であった。

西海銀行の天皇の、ワンマンのと言われつづけてきたにしても、二十四年間もトップに君臨するのは異常であった。しかし八十二歳で頭取の椅子を〝酒井の執事〟と言われてきた猪口忠雄に譲るまで、酒井自身は何度か頭取辞任を考えた。

だが陰で黒川が強く反対した。

「西海市を代表するのは頭取、あなたです。天皇陛下だって一言も退位するなんて言いませんよ。やめちゃいけませんせん頭取」

黒川は天皇陛下を引きあいに出して、酒井を説得した。

酒井に引かれてしまったら、それまでのように、思い通りに銀行を利用しつづけることができなくなるからだった。酒井の後継、頭取になりたがっている者はいくらでもいたが、酒井ほどの決断力のあるワンマンで、黒川に都合のいい頭取の代わりはいなかった。


「ちょっとよろしいでしょうか頭取」

軽くノックをして、薄暗い感じのする頭取室へ入ってきた秘書室長の落合が、デスクで頭を上げた久慈悟に、改めて一礼した。

「うん。なんだ」

うなずいた久慈に、いつもなら頭取のデスク前で用件を説明する落合が、一歩進んで中腰になり、久慈の顔に口を接近させて話しはじめた。

「例の杉山さんの件ですが」

「ああ。三十万円でぼくを消すという……」

「はあ。説明させていただいても、よろしいでしょうか」

「やっぱり首謀者《しゅぼうしゃ》は黒川か」

老眼鏡を外し、普段の銀製フレームの眼鏡に掛け直して、久慈がそうだったろうと、念を押すように聞いた。

「黒川はもちろんボスなんですが、リゾート開発業者の呉清一《ごせいいち》とか、建設業者の木下なんていうのが集まって、話し合ったようです。不景気が深刻化していますから」

「呉というのは香港《ホンコン》系だったな」

「そうです。わたしが話を聞いたのは、木下につながる香港系のマル暴なんですが、賛助金をちょっと出してやったら、木下から打診されたと打ち明けたんです」

「打診？」

「つまり、いくらでやるかという……」

「なに。暴力団の実行係の者が、幹部からいくらでわたしを殺すか打診されたということは、木下は本気だということになるだろう。そうなのか」

「でも打診ですから」

「打診っていっても、高ければやめて安ければ依頼するって、そういうことじゃないだろう。そのつもりなんじゃないのか」

体の芯《しん》から噴きあがる不安に、久慈は一度立ってすぐにまた椅子に座り直し、詰《なじ》るような視線を落合に投げた。

「打診されたから答えたと、その男はそれだけしか言いませんでした」

「いくらって答えたんだ」

「三百万だそうです」

落合の言い方には、三十万円でなくてよかったですねと、そう慰《なぐさ》めるような響きが籠もっていた。しかし三十万円が三百万円になって、値段が上がった分嬉しいとか、よかったなどということはあり得ない。殺されるかも知れない対象は、落合ではなくこのおれなんだぞと、久慈は叫びたいくらいの切迫した思いだった。

「じゃこっちで三百万円払えば、やめるっていうことか」

「どうでしょうか。ピンシャンしている銀行の頭取を消したら、間違いなく大騒動になって捕まるだろうから、本当は三百万円でも安いくらいだと言っていました」

「落合！」

「はい」

「おまえ嬉しがっているのか」

久慈が顔をしかめて吐き捨てた。

「まさか頭取。そんなことはありません。それにギャング映画じゃないんですから、簡単に殺人事件が起きるはずがありません。ご安心ください」

落合は久慈の肩に手を掛け、慰めるように前こごみの姿勢で、ご安心くださいと重ねて久慈に言った。

第二章　田舎の銀行

1

西海銀行の後継頭取候補筆頭と言われつづけてきた久慈悟が、副頭取昇格を果たしたのは昭和六十三年六月である。

このとき久慈はすでに六十三歳。

実はその直前の三年間ほど、行内で一度久慈後継は消えたと見る者が増えていた。そういう意味では終始一貫、ライバルを寄せつけない圧倒的な後継頭取候補……だったわけではなかった。

その三年前の昭和六十年、ワンマン〝天皇〟の酒井和義頭取が、頭取辞任の直前に市内花郷町の自宅風呂場で滑って転んだのである。その拍子に酒井は股《こ》関節《かんせつ》を打ち、ほとんど歩行不能になってしまった。頭取就任三年目から急に太り出して、一六三センチで八十キロと、露骨過ぎるウェートオーバーを、二十年近くもつづけていたことも、回復を遅らせた原因になった。

酒井はこのとき初めて、自分の頭取在位がすでに二十四年にも及び、加えて八十二歳という年嵩《としかさ》に達している事実を覚《さと》った。

もうやめよう。

酒井は頭取辞任の決意をした。

それまでにも、そろそろかなと自身で考え、周囲の気配を探ったことは何度かあった。ただ酒井がそれを一言口にすると、たちまち寄ってたかって慰留《いりゅう》されてしまう。あなた以外の人はいない。永久頭取と誰もが思っているからと、要するにお追従《ついしょう》なのである。

人事権を握る現頭取に、関係者全員がゴマをする。

「ならばもう一期働くか」

酒井が腹心の猪口副頭取につぶやく。

もう一期二年……のつもりが四年、六年と延びて、トータル二十四年となり、八十二歳の現役で風呂場で滑ったのだった。

「こんどこそ頭取を辞任する」

もう引き止めるなと、酒井は見舞いにきた猪口に、断乎《だんこ》として言い切った。

「しかし後継者がいません」

いつもの引き留めお追従である。

「おまえがやれ」

「は？」

「考えていたんだ。おまえも七十五だったな。早くバトンをタッチしてやらないと、八十歳の新頭取出現になってしまう」

「しかし……。筆頭専務の久慈が一番適任だと思いますが」

「久慈は考えていない」

「いけませんか」

「ま、いいから一度はおまえが頭取をやってみろ。公私にわたり長年よくわしに尽してくれたからな」

理念や手腕ではなかった。情実というよりも頭取の私的な気分、頭取の椅子は現職者の私有物であった。

行内では酒井の忠実な執事、マジメな営業マンというのが猪口にたいする評価のすべてで、宴席の座持ちがよく、アルコールが入ると、すぐに島原ハイヤ節を踊りだす。島原ハイヤ節は、鹿児島のおはら節や徳島の阿波踊《あわおど》りとも共通し、三味線と鉦《かね》、太鼓《たいこ》の賑やかなお囃子《はやし》に乗せて、威勢よく手足を動かすノリのいい踊りである。

宴席でこれが出ると、座は最高に盛り上がった。

中肉中背の猪口は筋肉質でがっちりして色は浅黒く、丸顔で眼が細く眉毛が濃い。風貌そのものに愛嬌《あいきょう》があるうえ、日本酒党の酒豪としても鳴らしていた。

猪口後継頭取が発表されると、一瞬行内は息を詰めて静まり返ってしまった。

田舎の村長さんというのが、猪口につけられた愛称で、村長以上の銀行家としての資質や能力は、問題外だった。副頭取にまでなれて、猪口は酒井に心の底から感謝し、酒井にたいするさらなる忠誠を、みずから誓っていたくらいだった。

「どうなっちゃうんだ」

沈黙の中で行員たちは、不安そうにつぶやきあった。久慈というこれ以上はない候補者が、いるではないかというのである。

「いや。酒井さんは久慈専務を信用していないらしい。その証拠に猪口さんの頭取就任で、副頭取の椅子が空いたのに、久慈専務は指名されていないじゃないか」

情況からそう解説する者がいた。

事実久慈が副頭取になるのは、猪口頭取が実現して三年後であった。三年も久慈は野ざらしにされ、これで久慈後継の目はなくなったと、多くの人が思った。

結局は病気になった猪口が、常識的な判断として久慈副頭取を実現させたのだったが、会長に昇格していた酒井はなお健在だった。久慈はその酒井に個人的にも恩義を感じていた。しかし酒井は久慈に心を許していなかったことになる。

平成元年の暮れにその猪口が、在任四年で現職のまま心不全で急死し、久慈頭取が実現するが、適材適所、公平な人事を貫くと挨拶しただけで、久慈は変革を暗示させるような言動はまったくみせなかった。

変革の暗示どころではなく、なおも人事権を握る酒井を刺激すまいと、ひたすら恭順《きょうじゅん》といったポーズだった。

酒井になぜ嫌われたのか。

老人の、名声へのこだわりであろうと久慈は思った。中興の祖、大頭取と酒井はこれから先も、ずっと言われつづけたいのである。自分を越える後継者など認めたくない。加えて酒井としては、自分の代に背負いこんだ数々の負の遺産を、久慈に暴き立てられたくなかった。

一つに手をつけると、二つ目も三つ目も白日《はくじつ》のもとにさらされ、収拾《しゅうしゅう》がつかなくなることを、酒井は十二分に承知していた。

久慈はそんな酒井に従った。というのは九十歳近い酒井が、さらにさらに生きつづけることはないし、仮に生きつづけたとしても、ボケからの鈍《にぶ》りは避けられるものではない。やがて久慈がすべての権力を握ることになる。

それは確かだった。

久慈の実権下で、真っ先に問題になるのは黒川甲子三である。

酒井に可愛がられ、西海銀行の全面的な支援を受け、ホテルやタクシーを中核とする企業グループを形成し、西海商工会議所副会頭にまでのし上がり、財界人の仲間入りを果たした黒川とのつながりは、全面的に見直さざるを得なくなる。

酒井が死んだのは平成二年の夏。

頭取になってなにもしないでいた久慈が、酒井が死んでからゆっくりと動きはじめた。まず行内人事。真っ先に槍玉《やりだま》にあげたのは、ひょっとすると自分の代わりに、頭取の指名を受けていたかも知れない、専務の志村良和《よしかず》の子会社転出。

ついで半年の間隔を置いて、志村派四常務の追い出し。いずれも子会社のシステムサービスとか、カード会社などの目立たない所へ……だった。

一方で腹心の枢要《すうよう》ポストへの起用にも、ぬかりはなかった。

久慈は営業推進部を営業企画部に組織変更し、その初代部長に、取締役就任四年目の藤井達夫を起用した。それまでのような営業手法では、激しい競争を勝ち抜くことはできない。これからは預金も融資も企画で勝負せよという、久慈の経営戦略を具体化したものであった。

これ以降西海銀行では、企画と名のつくセクションが、エリートコースになっていく。

さらに久慈は、取締役営業企画部長に就任したばかりの藤井を、翌年四月に常務、二カ月後の六月に専務に昇格させ、同時に業務企画部長の内海《うつみ》正一《しょういち》を常務に起用、久慈―藤井―内海ラインを明確にした。

一連の人事は、表向き営業部門の強化を掲げていたが、それよりも最大のお目当ては、酒井―猪口ラインの一掃で、酒井に育てられ引き立てられた役員は、当の久慈を除いていなくなった。

久慈は頭取就任三年目にはいって、その足場を磐石《ばんじゃく》なものに固めたのだった。

当然つぎの標的は黒川がらみの、片足を闇の世界に突っ込んだ、西海銀行にとって一番問題な面々との対決だった。

それも久慈はじっくりと、焦《あせ》らず時間をかけて手をつけはじめた。


季節は春、四月上旬の花曇りといった日、久慈と落合を乗せた頭取専用の黒の乗用車は、西九州自動車道に大塔《だいとう》インターチェンジから上がり、武雄《たけお》ジャンクションで長崎自動車道に入って、一路南下した。高速道路は行き交う車もほとんどなく、法定の時速八十キロで走っていた。

このまま順調に行けば、高速道路を降りて長崎バイパスを経由し、N市内に入ってから多少渋滞しても、予定の十一時には十分、間に合うはずであった。

県庁所在地のN市と、県北の西海市は直線距離では五十キロ足らずである。

だが、この短い距離が、かつては時間的に大変な負担になっていた。なにしろ、途中に西海湾が広がっていて、鉄道も道路も曲がりくねった海岸線を走るためにスピードが出ず、片道三時間もかかったのである。

　そのため西海市からN市への出張は、ほとんどが一日がかりになり、N市での用件が早朝や夕方にはじまる場合は、泊まりがけになることもしばしばだった。

　それが平成二年に、N市から西海市までの全線が、一本の高速道路で結ばれたのである。おかげで片道一時間の行程に縮まってしまった。

　深い谷を跨《また》いで巨大な橋脚を建て、山の尾根から尾根へと繋《つな》いだ高速道路は、下から見ると、まるで美術図鑑にあるパルテノン神殿の楼閣《ろうかく》を見上げるようで、それだけでもこの地域が、いかに急峻《きゅうしゅん》な地形であったかを彷彿《ほうふつ》させてくれる。

　その高速道路から、はるか眼下に見下ろす西海湾は、遥か遠くに点在する多くの島影に囲まれて波も少なく、穏やかな春の陽射しに悠久《ゆうきゅう》の時間が止まったような、パノラマを映し出していた。

「まったく便利になった……」

　助手席の落合が、眼下の西海湾を見るともなしに眺めていると、久慈も同じ感慨を抱《いだ》いたのか、背後から声をかけてきた。

「昔は本当に苦労しました。国鉄の大村線は単線で列車の本数が少ないし、車で西海大橋を経由しても片道三時間だったですからね。Nに出張するより、博多へ行くほうが近かったんですからね」

「わしのN支店長時代は、本店で支店長会議が開かれるのが一番億劫《おっくう》だったな。列車はいまみたいに冷房がなかったし、夏に窓を開けていると、蒸気機関車の煤煙《ばいえん》が客席にどんどん飛び込んできて、夜、家に帰ってみると、白いワイシャツの襟が真っ黒になっていたもんだよ」

「あの時代から考えると、嘘みたいです」

「しかしその分楽しみは減ったんじゃないか。酒井頭取なんかお元気だった頃は、N出張を楽しみにしていたくらいだったからな」

「酒井頭取はともかく、東田頭取もNには昵懇《じっこん》の芸者がいたそうですね」

「まあ、そういうことが許された時代でもあったということだな」

——実際、そうだった。

銀行の頭取と言えば、行きつけの料亭に馴染みの芸者がいて当たり前で、さらに毎月のお手当を払う愛人の、一人や二人抱えていても不思議ではないと、誰もが思っていた。九州人の感覚からいうと、昔からの男の甲斐性《かいしょう》はむしろ誇りでさえあった。水商売の女で銀行頭取のお手つきは、周囲から一目置かれていたくらいである。

その夜、午後七時を回って、西海市内の国道三十五号を北に上がった、谷郷町《たにごうちょう》の西海湾を一望できる高台の亀遊閣では、商工会議所副会頭の黒川が主催する、年に一度の観桜《かんおう》会《かい》が開かれていた。

「副会頭、今年もお招きいただいて、ありがとうございます」

遅れてきた客の一人が、正面に陣取った黒川の前に進み出て、挨拶をした。

「いやいや、この忙しいときにお越しいただいて、かえって恐縮ですな」

「なんの。亀遊閣の桜ば見らんことには、西海市の春は来んとですよ」

黒川の脇に座った客も相槌《あいづち》を打つ。

「本当に亀遊閣の桜は、百年以上経っとっとに、ますます勢いの増してきとるごたる」

「老いてますます盛んになるこの桜は、副会頭と同じですタイ」

「あんたもえらい上手なことば言うねえ」

黒川はわざとらしい九州弁で、笑いながら応じた。

「いやあ、じつに見事な桜ですな」

「こっこのソメイヨシノは九州一タイ」

集まったお客はいずれもアルコールで顔を赤く染め、口々に桜の樹《き》や花を褒《ほ》め讃《たた》えあった。実際それは、いくら褒めても褒め足りることはないほどの、幹も枝も一面に花をつけ、みごとな咲きっぷりである。

夜のとばりが下りきった中で、ライトアップされた桜の花だけが、周囲の光をすべて集め、ピンクの色彩を一層浮き立たせている。桜の下には一面に緋毛氈《ひもうせん》が敷かれ、先程から盛大な酒盛りが続いていた。

招待客はいずれも西海商工会議所のメンバーで、中小企業のオーナーだったから、最近の不況を嘆き、一方で招かれたお追従も込めて、黒川を讃えた。

「いやいや、ホテルもタクシーもいまは大変ですよ。これだけ景気が悪くなってくると、いいところはどこもありませんな。それにハウステンボスがオープンしたといっても、園内に三つのホテルと会員制の迎賓館《げいひんかん》とか、別荘タイプのヴィラとか建ててますからね、西海市内のホテルが潤うというわけにはいかんでしょう」

黒川は大袈裟《おおげさ》に手を振り、苦笑気味に応《こた》えたが、正直なところそれが実感だった。

招待客の話題は、いつしかハウステンボスに集中し、黒川はすっかり興ざめした面持《おもも》ちで、トイレに立った。

「大将、久慈頭取は来ていませんね」

用を足し、洗面所で手を洗っていると、不意に背後から声がした。

振り返ると観光業者で、リゾート開発会社の社長の呉清一だった。長身の筋肉質な体に、一見して高級品とわかる黒のダブルを粋《いき》に着込んで、袖口からは純金のブレスレットを覗かせている。

呉は佐賀県の出身だと言っていたが、名前からも想像できるように、実は香港系の中国人だった。

五十五歳という年の割りには、やけに老《ふ》けて見えたが、それは若いころから薄かった頭髪がすっかり後退したためと、もう一つは眉が薄いせいであった。顔は面長で目は細く、中国四千年の顔相術によれば、大人《たいじん》の資質ありということになるのだと、呉自身が自慢していた。

ただし細い目が俗にいう三白眼《さんぱくがん》で、それが相手に、一癖《ひとくせ》も二癖もあるような印象を与えているのも事実だった。

黒川が呉と知り合ったのは二十年前である。いまとなっては、どういう経緯で出会ったのか忘れてしまったが、それ以来、呉リゾート興業という会社を経営する呉は、同じ観光業ということもあって、黒川を先生とか師匠、大将と呼んで慕ってきた。

「おう、今夜は冷えるな。年寄りは小便ばかり出て困るよ」

「そうじゃなくて、なぜ今夜、西海銀の頭取が来ていないのか聞いているんですよ。久慈頭取は西海商工会議所の会頭でしょう。それが副会頭主催の観桜会に顔を出さないというのは、不自然じゃないですか」

呉は黒川がその話題を避けているのを感じとって、さらに畳みかけた。

「頭取はN市で、県知事との経済懇談会があるとかいって、今日の昼から出かけて、事前に欠席の連絡があったんだ」

「しかし、知事との経済懇談会が、そんなに長くかかるとは思えませんけどね」

「そのあと、こんど公安委員長になったので、県公安委員会の会議やら何やらあるという話だな」

「大将、誤魔化《ごまか》さなくてもいいんですよ」

「なんのことだ?」

　呉の突っかかるような口調に、黒川は思わずムッとして聞き返した。

「友人に公安委員会の委員がいましてね、そいつに確かめたんですが、委員会は午後三時からで、そのあと四時から懇親会に入り、六時にはお開きになるということだったんですから」

「ふん。そうか」

　黒川は呉の話を遮《さえぎ》り、手を拭きながらトイレを出た。

　正直いって黒川には、決して愉快なことではなかったし、この場ではあまり触れてもらいたくない話だった。

　だが呉は、デリカシーを解そうとせず、なおも追いすがってきた。

「私が言うのは、なぜ久慈頭取が出席しないのか。副会頭の大将を、無視しているんじゃないかということなんですよ」

「しかし観桜会は、わしの私的な催しだからな。公安委員会の会議はやはり公的な集まりだし、会頭としては公《おおやけ》のほうを優先せざるを得ないだろう」

「委員会は公的な集まりでも、四時からの懇親会は、抜けようと思えば抜けられるはずですよ。百歩譲って懇親会を抜けられない事情があったとしても、六時すぎに懇親会を出れば、七時にはちゃんと大将主催の観桜会に顔を出せたんじゃないでしょうか」

呉の話は筋が通っていた。

そうした疑念は、西海銀行の落合秘書室長から、久慈頭取の観桜会欠席の通知を受けたときから、ずっと黒川の心にしこっていた。だからこそ、呉に図星《ずぼし》とも思える執拗《しつよう》な指摘を受けて、黒川は一層不機嫌になったのである。

黒川は、トイレからの渡り廊下を意識してゆっくり歩いたつもりだったが、すぐに大勢の人たちがいる中庭に到着した。

「ともかくな、その話はあとでやろう。せっかくの花見酒がまずくなる」

黒川は、ぴったりと寄り添ってなおも話しかける呉を、低い声で撥《は》ねつけ、カラオケで盛り上がる酒宴のなかに入っていった。

2

建物のすべての部屋から眺められる、築山《つきやま》の美しい日本庭園は、きれいに刈り込まれた松の瑞々《みずみず》しい緑が水銀灯に映え、その周囲にはこれまた水銀灯の妖《あや》しい光を集めて、ふっくらと盛り上がる何本ものソメイヨシノが、色鮮やかに咲き競っていた。

「ここの庭園は、いつ見ても実に素晴らしいな。心が洗われる感じがするよ」

古い造りの和室の障子を開け放って、ほろ酔い加減の久慈が感嘆して言った。そんな久慈にテーブルの反対側から、建設業者の西島大治《たいじ》がお銚子を取って勧める。

「頭取にそう言っていただけますと、ご案内した甲斐があります。昭和の初めまでは市民の憩《いこ》いの庭園だったそうですから、やはり風格みたいなものを感じますね」

「座卓は輪島塗《わじまぬ》り、器は源右衛門《げんえもん》か。さすがに評判の高いN市の一流料亭と言われるだけあって、センスが違うね」

「頭取がお時間を割《さ》いてくださるというので、この店の女将《おかみ》に頼みこんで、花見に一番いい座敷を用意させてもらいました」

西島が微笑を浮かべて頭を下げると、久慈も満足そうにうなずく。

丸いテーブルの上には、長崎名物の卓袱《しっぽく》料理が、彩りも鮮やかに並んでいた。卓袱料理は、国際都市・N市がさまざまな外国人との交流のなかから育て上げた、郷土料理だと言われている。

日本料理をベースにして、形式は中国の卓子料理、内容は中華料理に南蛮風《なんばんふう》の味を盛り込んだもので、吸い物からはじまり、刺身や口取りの小菜。豚の角煮の中鉢。しんじょ、長崎てんぷら、巻きそぼろなどの大鉢。あとは煮物、ごはん、水菓子と続き、梅椀といわれる汁粉で終わる。

そのスケールの大きさと、各自が箸《はし》で取り分けて食べる親密感は、まさに究極の食文化であった。

「しかし西島さんとも、ずいぶん長い付き合いになるねえ」

「頭取がN市の支店長のときから、目をかけていただいておりますので、かれこれ二十年近くになります」

西島建設はN市に本社を置き、資本金は三億円。役員は西島本人が社長で、長男が専務、娘婿《むすめむこ》が常務と、典型的なファミリー企業だったが、従業員は約三十名で、年商は二十億円ほどであった。

特に久慈が眼をかけてきたということではなく、西島自身九州大学出のインテリで、経済の情報に通じていて、そういう点で久慈の方から関心を向けていた。

「きょうはね、西海市でも年に一度の観桜会が開かれているんだよ」

久慈が盃を持ち直して言った。

「え、それでは私が頭取をお誘いして、かえってご迷惑だったんじゃないですか」

「いや。ちょうどよかった。主催者が西海商工会議所の副会頭だから」

「すると黒川さん？……」

「そう。亀遊閣でいまごろ盛り上がっている最中だろう」

「亀遊閣の桜も有名ですね」

「といっても、ただ飲んで騒ぐだけなのでね。風情《ふぜい》もなにもないんだ。メンバーもちょっと……。正直言ってわたしの性《しょう》に合わない」

久慈が苦笑しながら言った。

「わたし、黒川さんはよく存じあげませんが、取り巻きがどうも……。たとえばリゾート業者の呉さんとか」

「きみも、そう思うかね」

「他人のことをとやかく言うのはなんですが、このN市でも呉さんの評判はいまいちです」

言葉を抑《おさ》えて西島が言った。

「バブル期にリゾートホテル計画をぶち上げて、過剰投資に走ってしまったんだね。最近は相当焦っている……」

久慈も呉についてのすべては言わない。お互いにトップクラスの教育を受けてきた、抑制の利いた会話である。

「リゾート興業の呉社長のことはともかくとして、わたしはいま余分な不動産、土地ですね、土地を必要以上に抱えこむなと、そういう方針に変えたのですが、頭取のご意見をお聞かせ願えませんか」

「それは卓見《たっけん》ですね。多分正しいのだと思う。しかし不動産は供給が限定されていますからね。特に銀行は土地資本主義でないとやっていけません」

「銀行としては確かにそうかも知れませんね。しかし不動産を過信しすぎると、ひどい目に遭《あ》うような気がいたします。ほとんどこれはわたしの勘のようなものですが」

「いいお話ですね」

久慈は小刻みにうなずきつづけた。


祭のあとは、たとえそれがどんな祭であったにしても、風船がしぼんだような虚脱感に襲われるものである。

しかしその虚脱感があるからこそ、人間は一度しぼんだ風船を、もう一度ふくらまそうと頑張るものかもしれなかった。

そういう意味で祭は、単純な作業の繰り返しが続く農耕民族が、その日常にアクセントをつけるために考えた、偉大な知恵と言えるはずである。

だがこの夜の黒川は、観桜会が終わったあとも、単なる虚脱感とは違う、複雑な心境に陥《おちい》っていた。やるせない思いと、持っていきようのない腹立たしさに、心が泡立つような感じだった。

「大将、さっきの話ですけどね。やっぱり久慈頭取はこの頃、われわれを避けているとしか思えませんね」

観桜会が終わって、ホテル亀遊閣の社長応接室へ引き揚げた黒川の、尻についてきた県が、焦《じ》れった気《げ》に言った。

社長応接室にはもう一人、県の盟友である木下建設社長の木下哲章《てつしょう》が待ちかまえていた。筋肉質ながっしりした体型、頭髪を五分刈りにした木下の精悍《せいかん》な顔は、よく日に焼け、それが観桜会で飲んだアルコールで、耳朶《みみたぶ》まで真っ赤に染めていた。

「わたしも県さんと同じです。久慈の野郎、のぼせすぎです。最近はN市でも西島建設にばかり仕事を回して、わざとおれを干しているような気がする」

資本金一億円の木下建設はN市に本社があって、西島建設とはライバル関係の中小建設業であった。

規模から言えば資本金、年商とも西島建設の半分程度だったが、それはすべて久慈が頭取になってからの、木下建設と西島建設に対する西海銀行の融資枠の差……だと、木下は思っていた。技術力や施工能力に差があるわけではない。

その木下の本名は朴哲章《パクチョルチャン》。たまたま県が経営するリゾートホテルの、改装工事を請け負ったことがきっかけで昵懇《じっこん》になり、県の紹介で黒川の仕事にも手をのばし、さらに黒川の紹介で西海銀行と取引をはじめ、西海銀行独身寮の改築や、支店の改装などを手がけて経営を広げてきた。

　ところが久慈が頭取に就任して三年目の一昨年あたりから、西海銀行関連の仕事はもちろん、事業資金の融資や手形の決済枠についても、何かと理由をつけては渋りはじめ、加えてこれまでの融資金まで、予定を早めて返済を迫られたりするようになった。

　木下に対する取引の窓口は、営業担当の藤井専務であり、内海常務であったが、背後に久慈の意図があるはずなのである。

　木下がそう感じるのには理由があった。盆暮の挨拶に木下が西海銀行本店へ出向いても、忙しいからといって、久慈頭取は面会すらしようとしなかったからである。急になぜ変わったのか理由はわからなかった。

　しかし久慈が自分を嫌っているらしいことは、間違いなさそうだった。

　一方、木下がライバル視し、追いつくことを目標にしてきた西島建設に対しては、相変わらず西海銀行から豊富な資金が流れていた。バブルが弾《はじ》けて、建設業界のとりわけ中小建設業者は、どこも資金繰りに苦しんでいたが、西島建設は手持ちの遊休地を活用し、積極的に分譲マンションを手がけていた。

「東大出だか何だか知らないが、久慈は俺たちをなめている。バカにしているんですよ。だから常務の内海までなにかというと、日本経済がどうの大蔵省の規制がどうのと、久慈の受け売りをして、最後に金は貸せないの一点張りですからね。いまさら相互銀行や信金の支店へ頼みにいっても、呉さんのところは西海銀行がメインでしょうと言われると、それまでですからね」

呉はN市のカソリック大主堂の近くに、客室数七十二室の〈ホテル・オランダ坂〉と、壱岐《いき》・郷ノ浦《ごうのうら》にも客室二十九室の〈ホテル・壱岐〉を経営していて、いずれは島原や佐賀県でのチェーンホテルの展開を目論《もくろ》んでいた。さらに将来は、五島列島を結ぶ海運業に進出する夢を抱いていた。

それには資金面での強力な後楯が必要だったが、肝心の西海銀行が、呉を敬遠しはじめたのである。借入金の返済は順調なのにわけもなく貸し渋りする。

「じゃ、みんなに貸さないのかというと、貸すところには貸している。おれたちだけに融資をしないんだ。ヤツは俺たちだけを、意図的に外しているんだ」

「木《き》のやんのところは、とくにそうだよな。西島建設にはどんどん融資し、あからさまに差別しているとしか思えない」

呉や木下だけでなく、黒川自身も久慈に対しては、ひそかに憤《いきどお》りを感じていた。

西海銀行では、これまで役員の交代があると、亀遊閣で旧役員の慰労会と、新役員の就任祝いを兼ね、懇親会を催すのが恒例になっていた。とりわけ頭取交代ではそれが盛大に行われた。ところが久慈は自身の頭取就任の披露会場を、市内のホテル宴会場で開いたのである。

呉や木下とは違って、東田以来の、特に酒井とは深い付き合いだった黒川は、久慈に直接確かめた。

「どういうわけで今回、わたしのホテルを新頭取就任の披露会場に、ご利用いただけなかったんですか」

「猪口さんが亡くなられた直後なので、あまり目立つようなことはしないほうがいいと、役員の間から意見があったものですからね」

久慈の返事はそれだけだった。亀遊閣を使っても、目立たないようにやる方法はいくらでもあった。しかしそこまでは黒川も言えなかった。

その後も黒川の亀遊閣をはじめ、キャバレー〈銀の馬車〉、中華料理店の〈鳳凰《ほうおう》〉などを、西海銀行が接待などに利用する回数が、めっきり減ってきていた。最大の原因は久慈頭取自身が、酒井や猪口時代のように、頻繁《ひんぱん》に利用しないことだった。

頭取が利用しないのに、幹部連中が使うわけにはいかないと、サラリーマン特有の保身本能が働いていていた。

酒井和義に可愛がられ、長年女の世話までしてきた黒川甲子三は、猪口頭取の時代も酒井の威光を楯に、西海銀行を自分の財布のような感覚で利用してきた。もちろん西海銀行も、黒川の事業の発展にともない、経営的なうまみを十二分に享受《きょうじゅ》してきたのである。

だが久慈がトップに座り、酒井と猪口がこの世を去ると、西海銀行との関係が疎遠《そえん》になる一方だった。

といって、久慈が黒川をあからさまに敬遠しているかというと、そうではない。久慈は西海商工会議所の会頭で、黒川は同じく副会頭。さらに黒川は西海観光協会会長でもあったから、経済団体の会合などで顔を合わせると、久慈は黒川に、ふだんと変わらぬ笑顔を絶やさなかった。

仮に久慈に何らかの意図があったとしても、グループ全体で年商五十億円を売り上げ、西海市では有力者の一人に数えられている黒川を、単なる好き嫌いの子どものような感情で差別するようなことは、ないはずだと思っていた。

酒井頭取の時代に、黒川はしばしば酒井と銀行幹部の宴席に呼ばれたが、そんなとき、酒井が訓《さと》すように久慈に言い聞かせていた言葉があった。

「地方銀行の使命の一つは、地場《じば》産業を育てることにある。一番いけないのは、育てた企業が有力企業になったとき、ちょっと業績が落ちたからといって、あっさり切り捨てることだ。なぜいけないかというと、あの銀行は冷たい、面倒見の悪い銀行だという評判のもとになって、預金者が逃げてしまう」

久慈はいつも黙って聞いていた。しかし酒井の言ったことで多くの事例を、久慈は知っているはずだった。

つい最近も、和歌山市に本社を置く中堅ゼネコンの大川組が、会社更生法の適用を申請して、事実上倒産している。倒産の理由は和歌山の地銀でメインバンクの紀田《きだ》銀行が、二十三億円の決済資金を融資しなかったからだといわれていた。

不良ゼネコンを見切るのは、昨今の金融不況下では止むを得ないことであった。紀田銀行の判断は止むを得ない。

しかし記者会見にのぞんだ大川組の社長が発した「銀行の騙《だま》し討《う》ちにあった」の一言が新聞で報道されて、予想もしない波紋を呼んだ。

「あれほど大川組と深い関係にあったのに、紀田銀行はたった二十三億円の面倒も見てやらなかったのか。それとも面倒が見られないほど、実は紀田銀行自身の体力が弱っているということなのか……」

そんな怨《うら》み節《ぶし》と表裏の噂で、あっという間に紀田銀行危機の憶測《おくそく》が流れ、初めのうちは和歌山県下の中小企業が、義憤《ぎふん》にかられて行動したと言われていたが、つれて不安を覚えた一般預金者たちが走りだして、一カ月で一千億円という、考えられない預金流出が起きてしまったのだった。

取引先へのドライな対応が、銀行の経営を根底から覆《くつがえ》しかねない事態に発展しそうになったのである。地域密着型の地方銀行であればこその教訓だった。

地域密着型の地方銀行と、地場産業の軋轢《あつれき》はいくらでもあった。当然久慈はそれらに精通しているに違いない。だからなのかも知れないと黒川は思っていた。久慈は呉や木下に対するのとは違って、黒川観光にたいしては強く出ることもなく、しかし積極的になにかを応援することもなくなった。

生かさず殺さずか。

いまはそういうことなのかも知れないと、冷ややかな久慈の姿勢について、黒川なりに考えていた。

しかし生かさず殺さずなら、潰《つぶ》さないということでもある。呉や木下はわからないが、自分のところは大丈夫だ。切り捨てなどという荒っぽいことはやらないだろうと、黒川は素早く計算した。

「いずれおれが頭取に言うから、妙なことはしない方がいいな」

黒川はさり気なさを装《よそお》って言った。

「いずれっていつです」

木下が唇をとがらせて言った。

「折りを見て先方の機嫌のいいときかな」

「おれの方は五月二十五日に、一億八千万円の手形決済があるんですよ」

木下が突き刺さるような鋭い眼で、骨張った黒川を睨《にら》む。

「二十五日だな。わかった」

黒川はポケットから手帳を出し、わざとらしく木下一億八千万円と、四月二十五日の欄に記入した。

3

「警察からの電話でしたが……」

飛びこむという乱暴さで頭取室へ入ってきた落合が、ドアの前で一度立ち止まり、眼をむく感じで久慈に視線を据え、その後で息を詰めて言った。

「なに？」

眉間《みけん》に皺《しわ》を立てて久慈が落合を見返す。

四月半ばの西海市、風のない日の午後は、初夏を思わせる陽気で、地上十二階建ての西海銀行本店ビルは、各階ともエアコンを切っていた。

「奥さまが、事故ではなかったのですが、巻きこまれかけまして、危うくだと警察では言っていましたが、ともかくマニュアル車でチェンジレバーがバックに入っていたんですね。それでだあっと、間一髪《かんいっぱつ》だったと」

「落ち着け。なにがあったんだ」

取り乱して脈絡のない言葉を並べる落合を、久慈が険《けわ》しくたしなめた。

「車に引っかけられそうになったんです」

「家内が？」

「島田町《しまだちょう》の総合病院の駐車場です。病院の玄関を出て駐車場の方へ歩いてきたら、いきなり一台の小型乗用車が、バックしてきたんだそうです。奥さまは立ちすくんで、でもすれすれのところで車が停《と》まって、何事もなかったらしいのですが」

落合の口調はなおも上ずっていた。

「なんでもなかったんだな」

「はあ。結果としてはご無事でした。唐津から来た車だそうで、あそこの駐車場は病院への来院患者以外でも、料金を払えば停められますし、奥さまはリューマチの治療で、毎月の注射に行かれて、それで」

「ドライバーはどうした」

「二十五、六のヤクザ風な若い男で、車を降りてきて、バックに入ってたんだって、そう言ったそうです。たまたま警察が来ていて、謝りなさいって言ったらしいのですが、なにもなかったじゃねえかって、そのまま行ってしまったということでした」

「じゃいいじゃないか」

「は？」

久慈は掛けていた老眼鏡を外し、詰めていた息を吐き低く言った。

「なにもなかったのならいい」

「しかし、本当にいいんですか」

外した眼鏡を掛け直し、デスクの書類に眼を伏せた久慈に、落合が訝《いぶか》るように重ねて聞き返した。

「家内のは三十七、八のときからなんだ。リューマチというのは原因がわからないからね。毎月の注射といっても、それで治るということじゃない」

「しかし頭取。問題は奥さまの、そういうことじゃないように思えるのですが」

落合がやっと久慈のデスクの前まで進み、姿勢を低くして下から覗き上げる眼で言った。

「わかってる。けど気の回し過ぎだな」

「そうでしょうか。奴等の警告ではないでしょうか」

久慈はフンと鼻で笑い、落合の言葉に顔をそむけた。誰にでも通じる会話というわけではなかったが、聞きようでは二人がなにを心配しなにを話しあったのか、容易に理解できるはずである。落合の懸念《けねん》を久慈も同じように感じていて、そのレベルでは二人の会話の的《まと》は一致していた。

相違点はそれがもし彼等の警告だとしたら、久慈は誰よりも狙われている当事者だということ。その久慈が落合の疑念を否定しているのである。

東大を出てから西海銀行に入行が決まって、五人の弟妹分の扶養家族手当をもらい、東京支店勤務を命じられたとき、鉄道便で送った荷物とは別に、久慈は骨壺《こつつぼ》を納めた白木の箱を、唐草《からくさ》模様の風呂敷に包み、胸に抱いて上京した。

久慈の西海銀行入りを知らずに、ただただ六人の子どもを育てるために、必死で働きつづけて死んだ母のまきの遺骨である。

父の時男はその八年前に死んだ。二男で分家だった父の遺骨は、市内の久慈本家の菩提《ぼだい》寺《じ》に納められた。しかし分家の久慈の家に母の遺骨を納める寺はなかった。見かねて時男と同じ墓へ納めさせてもらったらどうかと言う人もいた。

「絶対にダメだ!」

久慈が強く拒んだ。

本家、つまり時男の実家の者たちにとって、左翼運動で迷惑をかけつづけた時男一家は、目《め》の敵《かたき》であった。ほとんど家にいない時男に代わって、同じ敷地内の納屋の隅に置かせてもらっていた一家は、特に母のまきは一族にとって他人。嫂《あによめ》や小姑《こじゅうとめ》に小突き回されて、物陰で母はいつも泣いていた。

しゃがみこみ、顔を覆《おお》っている母のそばには、母の着物の裾を握った久慈がいつもならんでしゃがんでいた。

「かあちゃん」

久慈が呼びかける。

子どもの久慈は、それ以上の、母を慰める言葉を知らなかった。

「かあちゃん」

「ウン。ごめんね悟。かあちゃんがばかだからだよ」

みずからをばかだからと言う母の言葉に、子ども心にそれでいつも母が泣き止むことを知っていたが、なお久慈は眼を離さずに母を見上げていた。

一年に一度くらい、時男が官憲の眼をかわして、西海市の本家へ帰ってくることがあった。一週間か時には一カ月くらい、暗い納屋の湿っぽい布団で、家族全員が体を寄せあって寝た。やがて身辺に迫った再度の危険を察し、時男が夜陰《やいん》に姿を消すと、残された母の胎内には、久慈の新しい弟か、妹が宿されていた。

その子を生んで母はひたすら育てる。

生き甲斐とか人生の愉《たの》しみといったものが、果たして母にはあったのだろうかと久慈は思った。そして頼みの久慈の大学卒業＝就職を目前に、あっさりと死んでしまって、母をいじめ抜いた人たちの墓の隅になど、納めることはできない。

母の墓は、おれが必ずつくる。

東京への転勤に、遺骨を持っていったのは、墓ができるまで、置いておく場所がなかったからである。

銀行の寮は田町《たまち》にあった。久慈は古道具屋から買ってきた卓袱台《ちゃぶだい》に、白布で包んだ箱を据え、毎日母の遺骨と向き合って食事をし、本を読んだりした。この話が副頭取の酒井の耳に入ったのである。

　上京した折りに、酒井が久慈を呼んだ。

「久慈のお寺は東京にあるのか」

「いいえ」

「しかしお母さんの遺骨を東京へ持ってきているそうだな」

「西海市にも東京にも、わたしたち久慈の墓はありません」

「じゃ遺骨はどこに置いてあるんだ」

「田町の寮の室に安置してあります。いけないのでしょうか」

「そうか。君のお母さんの遺骨だから、君の室に安置している分には、なにも問題はないが、遺骨のままではお母さんが、いつまでも成仏《じょうぶつ》できないだろう」

「そうは思いません。母はわたしがそばにいれば、喜んでくれているはずです」

「それは勝手な理屈だ。仏さんは迷っている。そういうものだよ」

　酒井が訓《さと》すように言った。

「どうしたらいいでしょうか」

「お寺さんに預けておくことだね。そうすれば毎朝お線香とお経をあげてもらえる。仏さまは匂いでお腹を満たすものだと言われている。お線香もそうだが、季節にはそのときどきの果物を供える。綺麗な花を飾ったり、そういうふうにしなければいけない」

酒井は久慈に、西海市の北にある、酒井家の菩提寺の常光寺《じょうこうじ》を紹介してくれた。久慈は本店との打ち合わせで帰郷した折りに、母の遺骨を持ち帰り常光寺に預けた。その常光寺住職の縁つづきの娘が、久慈の妻良子《よしこ》である。

久慈と結婚して良子は長女と長男を生んだ。家庭的で控え目な妻だった。

落合が懸念したように、銀行での久慈のやり方に反感を抱く者が、やり方を変えさせようとして良子に仕掛けるということは、考えられないことではない。正直言ってそれは怪《け》しからんことだったが、同時に個人としては不気味であった。

リューマチで、時には杖《つえ》を突かなければ歩けなくなっている妻に、車を急バックさせるやり方は危険だし、故意だとしたら殺人未遂にもなりかねなかった。

――すこし

やり過ぎだったかなと一瞬久慈は思った。

しかし自分がやらなければ、銀行の負の遺産処理のできる者などいなかった。やり過ぎだとしても、いまここで手を緩《ゆる》めてしまったら、二度とチャンスはないかも知れない。久慈は強く自分に言い聞かせた。

久慈のやり方は時間をかけることだった。融資を絞りこみ、呉とか木下と、それに黒川ももちろんだったが、闇の世界とかかわりのある相手との取引を、極力減らしていくこと。そのためには接触しないこと、金を貸さないことだった。西海銀行から金が借りられないとなったら、彼等は別の金蔓《かねづる》をみつけるはずである。

一方、秘書室長の自席へ戻った落合は、一度頭取室のドアを確かめてから、受話器を取って黒川観光の社長室にダイヤルした。

久慈はなんともなかったのだからいいと言っていたが、そんな簡単な問題ではないと落合は思った。絶対に偶然の事故などではない。明らかに狙って仕掛けたものであり、だから寸前のすれすれで停車させることができた。そうに違いなかった。

リューマチで足が不自由な久慈頭取の妻にたいしてだった。

女性の秘書につづいて黒川が電話口に出た。

「実はいましがた事故があったんです」

落合はいきなり切り出した。

「事故ってなんですか」

「頭取の奥さまが総合病院の駐車場で、バックで急発進してきた乗用車に、轢《ひ》かれかけたんですよ」

「え、なんですって！」

黒川が怒鳴るように聞き返した。

「寸前で停まったので幸い事故にはならなかった。頭取は事故にならなかったのだからいいとおっしゃっておられるが、ぼくは疑い深いので偶然とは思えないんです。唐津ナンバーの小型乗用車で、二十五、六歳の一見スジ者風な男の運転だそうですけど」

「落合さん。それで頭取の奥さまは無事だったんですね」

黒川が早口で念を押した。

「だから計算したように、すれすれで停まったそうです」

「わかりました。いやありがとう。さっそくお見舞いにうかがいます」

関係のないおれに、なぜそんな電話をしてきたのかと、あるいは怒り出すかなと思ったが、黒川はむしろあわて気味に言った。落合は間違っていなかったなと思った。やはり警告に違いない。これでもし久慈が無視しつづけると、第二弾、第三弾が用意されていて、つづけて仕掛けられるだろう。

それが恐《こわ》い。

落合は久慈もいま、多分同じ不安を感じているのだろうなと思った。警告にせよ報復にせよ、家族を標的にされるのは、ビジネスマンにとって一番困ることだった。しかし久慈頭取は、中途半端な妥協はしないに違いない。

頭取になって五年目である。最近の久慈は仕事に自信を持ちはじめている。妙な遠慮はしなくなった。

以前は出来の悪い行員にも、それなりの思いやりを示していたが、最近は「銀行にとって出来の悪いやつはお荷物だ」と、当の行員に向かってはっきり言ったりした。「そんなことも知らんのか！」と、若手行員の前で面罵《めんば》された取締役もいた。

また久慈は、自分が東大法学部出身であることを、決して表に出さなかったが、最近は官僚と互角に渡り合えるのは、やはり東大法学部の出身者でなければと、平気で口にしたりするようになった。

事実久慈は、一年前に久慈以来の東大法学部の出身である井山文雄を、支店勤務から引き上げて、本店の経営中枢に据える人事を行っていた。

井山は落合より七歳年下の昭和二十年生まれ。出身地は西海市である。

昭和四十六年六月に東大法学部卒業後、十二月に西海銀行入行。卒業が六月にずれ込んだのは、昭和四十三年から四十五年にかけて、社会問題化した学生運動のエスカレートで、全国の大学で学園封鎖が相次ぎ、さらに東大医学部の紛争に端を発した授業ボイコットなどの、煽《あお》りを受けたためである。いわば井山は典型的な全共闘世代だった。

一方昭和十三年生まれの落合は学生時代に反安保闘争を経験した全学連世代。

七年間のジェネレーションギャップはあったが、ともに青春時代に、理不尽《りふじん》で不条理な体制の打破を目指して、それなりに立ち向かった経験を共有しているせいか、落合は井山にたいしては、他の幹部とは違う親近感を抱いていた。

井山は久慈頭取の四年目に、営業企画部副部長に抜擢《ばってき》された。

「使える者をどんどん抜擢していかないと、間に合わないんだ」

久慈は自分のやり方をそんな言い方で説明した。

営業企画部は、久慈が頭取に就任直後に、組織変更で新設した部署であり、初代部長には、久慈の懐刀《ふところがたな》ともいうべき藤井達夫が就任していたから、そのことだけでも、井山に対する久慈の期待の大きさが窺《うかが》えた。

さらに久慈は新中期経営計画をスタートさせた。

プランの立案・企画は井山。推進担当のトップに藤井専務を起用、そして相沢則雄取締役事務企画部長が、サブとして藤井を補佐することになった。

相沢は落合と同じ慶応の法学部。落合より三歳年上の昭和十年生まれ。

西海銀行入行後は、八幡《やはた》支店長、大阪支店長、東京支店長、そして福岡支店長と、すべて基幹支店の日の当たる道を歩む。とくに福岡支店グループとして、同じ福岡支店長を経験している藤井専務の、一の子分と見られていた。

相沢の性格は一言でいえば面倒見がよく、楽天的で明るいのが特徴だった。

ただ争いごとは不得手《ふえて》で、支店長時代も客とのトラブルが発生すると、なにはともあれ相手の要求を飲み、トラブルが表沙汰になるのを極力防ぐことで有名だった。

行内では〝陽の相沢、陰の落合〟というのが、もっぱらの評価だと、落合はかつての上司から聞いたことがある。

落合は自分で陰だとは、一度も思ったことがなかったが、相沢の陽気さが目立つ分だけ、周囲はそういう見方をするのかと、そのときは気にもとめずに聞き流した。

しかし、同じように西海銀行内で幹部職につき、将来の椅子がある程度予測できる地位にまで昇ってくると、単純に笑い話と片づけるわけにもいかなくなる。この時期、一般行員が酒の席で話題にする出世レースの予想は、久慈―藤井―内海―相沢ラインと、もう一つ、久慈―藤井―落合―井山ラインとに分かれていた。

久慈の頭取在任期間が短ければ前者、長期化すれば後者と、内海と落合の年齢差を考えた上での予想だったが、そういう噂はどこからともなく伝わり広がっていく。

社内のこういう傾向から落合は、久慈体制がどうやら固まってきていると思った。つれて久慈の顔を起こして正面を見つめた特徴のある歩き方にまで、いままでにはない自信を感じさせられた。取引先などの、外部の人と会うときの態度も、以前とは明らかに違ってきた。貫禄が出てきたということであり、同時に最高権力者として多少の専横《せんおう》……ぶりが目立つようにもなった。

もっともそれは、当の久慈一人《ひらとり》のせいだけでもなかった。相手側の銀行幹部にたいする対応が、副頭取や専務、常務、平取などと較《くら》べて、雲泥《うんでい》の差があった。

地方銀行の頭取は、その地方では〝殿さま〟と呼ばれている。

まず地場産業を訪れると、必ず社長みずから出迎えに出て、車のドアの開け閉めをする。どうかすると社長が飛んできてドアを開け、続いて社長の細君の副社長が、ドアマンよろしく頭取の鞄《かばん》を預かり、さらに息子の専務は、腰を低く折って応接室にご案内するということも稀《まれ》ではない。

　これが副頭取の場合は、せいぜい先方の会社の役員に誘導される程度で、さらに平取になると秘書課員が出迎えに出ればいい方だった。

　確かに地場産業は、地元の銀行に嫌われたら経営は立ち行かなくなる。たとえ支店長の懐に飛びこめても、頭取に嫌われたらアウトだった。逆に支店長に嫌われても、頭取とのパイプがあれば安泰である。支店長人事を左右できる頭取には、どんなことをしても印象をよくしておかなければならない。

　黒川甲子三が、兵隊崩れの香具師同然の身から、年商五十億円の黒川グループを率いるまでになったのも、信長に仕える秀吉よろしく、徹底して酒井頭取の草履《ぞうり》取りをしたからであり、以後、女好きな酒井の女係として、嫌な顔一つせずにすべての世話をやき通したことが功を奏していた。

　だが久慈は頭取になる前まで、そういうことを、誰よりも嫌っていたはずである。ところが周囲が、気を使っていろいろとやってくれるものを、そのたびに断っていたのでは角《かど》が立つと、何人もの人に注意されたこともあって、されるがままにまかせているうちに、いまではすっかり慣れて、訪問先の社長が玄関で出迎えないと、無視されたと、思うようになっていた。

夜の交際場での、俗にいう〝大村《おおむら》さん〟としての立ち居振る舞いも、馴《な》れと共に板についてきた。〝大村さん〟というのは、この地方での頭取や社長のトップを指す業界用語である。

落合は秘書室長になった直後に、久慈のお供の料亭で、初めてその言葉を聞いた。帳場の、仲居同士の会話からである。

「孔雀《くじゃく》の間《ま》は大村さんやけんね、粗相《そそう》のなかごとせんといかんよ」

「大村さんですね。ご迷惑のかからんようにしますけん、心配せんでよかですよ」

落合は仲居の一人を呼び止めた。

「大村さんって言ってたけど、孔雀の間は西海銀行で予約をした座敷だよ」

大村という名前の者は、先方にも銀行側にもいなかった。

「あら、西海銀行の人ね」

「いま大村さんって言っただろう」

「頭取さんの来とんなさっとやろ」

「うん」

「そいけん、大村さんタイ」

「よくわからないな」

どうも要領を得ない。すると仲居が笑って説明した。

「大村さんって、頭取さんのことタイ」

「どうして」

「ほかにも中村《なかむら》さんとか、小村《こむら》さんのあるとよ」

「え、中村さんと小村さん？」

「中村さんは副頭取とか専務、常務さん。小村さんは取締役さんや部長さんよ」

「ふーん」

落合は、小鼻を膨《ふく》らませて感心した。

いちいち「頭取さん」という呼び方を口にしていると、頭取がこの店に来ているのかと、それで予期せぬトラブルが発生しないとも限らなかった。それを防ぐための、料亭ならではの知恵なのだろうと思った。

久慈の趣味は、ゴルフ以外では音楽と美術鑑賞。

ゴルフはラウンド百十。俗にいうライオン組で、久慈自身、運動不足解消のため程度にしか考えていなかった。

ただそのゴルフにしても、曲がったボールはつねに同伴者が先に走っていって探してくれて、多少のＯＢは蹴出《けだ》しておいてくれるし、カップインすれば、これまた同伴者がボールを拾い上げて、キャディに渡してきれいに拭かせてから返してくれる。

さらにパットが入らないと、翌日、新しいパターが自宅に届き、同伴者のドライバーシヨットを一言褒《ほ》めただけで、すぐに同じドライバーが届くのだった。

組織のトップに立ち、金と人事を握ってしまうと、程度の差こそあれ、誰でもワンマンになるのは、止むを得ないところだが、それでも企業や団体のトップの場合は、組織内でのワンマンであり、外に出ると必ずしも絶対的な存在ではない。

だが地方銀行の頭取さん……は、その土地では組織の外でも殿さまと崇《あが》められ、もてはやされた。

落合自身、久慈にそう振る舞うよう進言した一人だったから、いまになって久慈一人を責めるわけにはいかなかった。

4

黒川はなんとかして頭取の久慈と、腹を割って話しあう機会を持ちたいと、いろいろと努力した。

お互いに西海商工会議所の会頭と副会頭だったから、毎月一回開かれる理事会では顔を合わせていた。会うことはなんでもないし、そういう場ではごく普通に話をして、久慈が軽い冗談を言うこともあった。

「頭取。折り入ってお話があります。理事会の後で三十分ほど、時間をいただけませんか」

　十四人の商工会議所理事が、テーブルに揃っている眼の前で、黒川が面会を申しこんだことがある。

「あ、そうですか」

　久慈があっさりうなずいた。

「じゃ会頭室の方へ、後でうかがいます」

「わかりました」

　久慈はわかりましたと皆の前ではっきり言った。だが理事会が終わると、いつの間にか久慈は姿を消していて、会頭室にもどこにもいないのだった。

「この間は会頭を探したんですよ。どこへ行ってたんですか」

　次の理事会で問いつめると、急に面会予定を思い出したのでとか、さまざまに言い訳をするのだった。黒川にたいしてさえそうだったから、呉や木下がいくら面会を申しこんでも、口実をもうけて承知しない。その鬱憤《うっぷん》を二人は黒川にぶつけてくる。

「露骨なツラ当てだよ。まったくひどいものだ」

「久慈か」

「あのガキ、西島建設にばかり肩入れしやがって。西島はN市でリゾートマンション計画をぶち上げやがったけど、西海銀行の全面バックアップだっていうんだからね。こっちの一億八千万の手形は、とうとう面倒を見なかったくせにさ」

「小畑建設の地上げに、ノンバンク経由で八億円の融資を承知したらしいね」

「小畑は西島と仲がいいからだな」

「おやじさん。久慈にいつ話をつけてくれますか」

「おれも頭にきているんだ」

「ウエスト開発でしょう」

黒川は顔をしかめて、咥《くわ》えていたタバコの煙りを吐き出した。

同じ時期にゴルフ場の開発を計画して、黒川観光への融資担保には難点があるからと断り、ウエスト開発には融資を承知しているというのである。もっとも融資と言っても、この時期は不動産への総量規制が発動されていて、小畑建設のときと同じように、西海銀行の支配下ノンバンク経由の融資だった。

ウエスト開発は、この融資でゴルフ場開発をスタートさせている。

黒川は西海銀行と、その系列ノンバンクにも融資を断られたため、止むなく農協系のノンバンク十社から、すこしずつ借り集めなければならなかった。

農協系ノンバンクと、西海銀行系のそれとでは、金利が大きく違ってくる。四、五十億円の借金で、一パーセントの金利差は大きい。さらに黒川は合計十いくつもの農協に、いちいち頭を下げて回らなければならなかったのである。

長年、西海銀行と付き合ってきて、この仕打ちはどういうことだ。

それもこれも久慈のせい……。

一体おれを何だと思っているのか。

黒川は久慈の能力を買い、また実力頭取として、長期政権になるだろうと予想していたからこそ、これまで呉や木下を抑え、久慈との関係を穏便《おんびん》に済ませ、できることなら修復したいと考えてきた。

しかしもはや久慈に、そういう期待をかけても無駄なようである。

黒川は呉を呼び寄せ、「もう我慢ならんバイ」と、四国男の九州弁で怒鳴《どな》った。

「やりますか」

呉が恐い眼で言った。

「とにかく一回、痛い目に遭わせてやらんことには、あの男はわからないな」

「女房を誘拐《ゆうかい》しましょう」

「おい。滅多なことを言うな。木のやんの奴が抜け駆けで、久慈の女房に車をぶつけさせようとしたりするから、おかげでほとぼりをさますのに苦労するんだ。今日あんた一人を呼んだのは、木のやんが信用ならんからなのに、あんたまで誘拐だなんて、そういうことを言い出すとは思わなかったよ」

「木のやんのあの事件、でも証拠がないし、なにもわからなかったんでしょう」

「けど疑われたからな。それもこのおれが背後で操《あやつ》っていると思われた。とにかく犯罪はいかん。誰も殺す気はないんだ」

「わかりました。けど、じゃどうやってやつに思い知らせるんですか」

「よかね。目的は久慈に仕返しをすることじゃない。わしらに対する西海銀行の姿勢が、酒井さんや猪口さんの時代に戻ればいいだけなんだ。お前だってこれから事業を広げていくのに、西海の力が必要だろうが」

「それは、まあ」

「久慈を痛い目に遭わせたところで、警察へでも持ちこまれちゃったら問題の解決にはならないじゃないか。個人的にヤツが憎くてやるわけじゃないんだ。どうしたら久慈の目を、われわれに向けさせるかなんだよ。お前ももう少し頭を使ったらどうだ」

「じゃ、どうすればいいんですか」

呉が重ねて聞いた。

「久慈には、いまのところこれといった弱みがないんだ。最近、ちょっと横柄《おうへい》になってきたが、行内ではまあ、立派な頭取として評価されているからな」

「本当かどうかわかりませんが、ヤツは一穴主義で、女がいるという噂も聞いていませんね。最近はよく料亭に出入りするようになったらしいですけど、馴染みの芸者がいる様子もないでしょう」

「だから久慈のミスを待っていてもはじまらない。そういうときはこっちの手で、やつの弱みをつくってやればいいんだよ」

「融資謝礼でも払いますか」

「受け取らんだろう。それに第一貸してくれないからな」

「じゃ、やっぱり……」

「そう。女だ」

黒川がうなずいた。

「しかし久慈は六十の後半でしょう。一穴主義でやってきて六十何歳とかじゃ、まずものの役には立ちませんね」

「立たせるのさ、なんとかして」

「難しい注文ですね。じいさまのチンチン立たせられたら、不老長寿を念じつづけた秦《しん》の始皇帝《しこうてい》が、随喜《ずいき》の涙を流しますよ。おれのも立たせてくれって」

呉が吐息で首を振った。

「ポーズだけだっていいんだよ」

「重なっているポーズですか」

「そうだよ。女の中にじいさんのいも虫が、本当に納まっているかどうかなんて、そんなことをいちいち調べるか？」

「ま、そうですね。じゃ酔わせて仕掛けるか。睡眠薬で眠らせたっていいですね」

「こっちのつけ目は相手が堅物《かたぶつ》だっていうこと。そういう男が誰が見てもいかがわしいと わかる女と、一夜をともにしたとなるとどうすると思うね。常識的に考えて、必死に隠そうとするはずだろう」

どうだという黒川の言い方だった。呉がすかさずうなずいた。

「大事件になりますね。そりゃあ大騒ぎをするかも知れない」

「本人はパニックだろう」

「銀行だって大変ですよ」

「いや、西海銀行ちゅうところは、頭取に女ができたくらいじゃ、騒ぎ出すようなことはないんだ。逆にみんなで隠してやることが、美談になってしまう」

「じゃダメじゃないですか」

「まだわからないのか」

黒川が呉を決めつけた。

「いえ……」

「銀行はともかくとして、まず久慈にとっては事件なんだよ。これが酒井さんなら事件にもなにもならん。わかるか。立派な人間とみられている者ほど、おなごの問題は隠そうとする。とくに酒井さんの話だと久慈は、かなりなマザーコンプレックスだということだ。

お袋が恐い男は、なにがあっても女の不始末を隠そうとするに違いない」

「銀行内で問題にならなくても、久慈個人にとっては世間さまに顔向けのできない、困った事件というわけですね。そういうことでいいわけですね」

「やっとわかったごたるね」

「で、女はどうしますか」

「女はわしに考えがある。それよりもどう証拠を残すかが問題だな。一回でいいんだ。女との絡みの証拠を握れば、これから先いくらでも融資をさせられるぞ」

「クライマックスに室へ押しこんで、写真を撮《と》らせたらどうでしょう」

「わからんようにやった方がいいな。その秘密を知っているのはわれわれだけ。そういうのが理想だ」

「だけど証拠を残すのに、カメラマンは必要ですよ」

「仮にカメラマンを使うとしても、隠れてシャッターを切らせる方がいい」

「じゃ方法は考えます」

「久慈はなにがなんでも隠そうとする。間違いない。証拠を握っているのがわれわれだけとなれば、いくらでも金は出すだろう。こっちは無限に融資さえしてもらえればいいんだから」

「でもどうやって久慈を、酒席へ引っぱり出しますか」

「うん。今度わしのグループ企業の決算報告の挨拶に出向いて、そのとき一席設けてだな、なにがなんでもって久慈を引っ張りだすから、それまでにカメラマンをどうするか考えておいてくれ」

指示して黒川は、大きく深呼吸をした。

もう、ここまできたら引き下がるわけにはいかないと、濁《にご》った目を光らせながら、黒川は自分に言い聞かせた。

第三章　混血の女

1

平成五年四月下旬。

黒川は黒川観光などの、三月決算報告のため、事前にアポをとって西海銀行本店に久慈頭取を訪ねた。

決算終了後に、メインバンクの頭取を表敬訪問し、決算の状況について報告をするのは、黒川が酒井頭取時代から続けている、恒例の行事だった。

酒井頭取の頃は、フリーパスで連日訪ねていた頭取室だったが、最近は半期ごとの決算期と、あとは新年の挨拶《あいさつ》の年三回に減ってしまっている。久し振りに頭取室を訪ねて黒川は、久慈の対応の変わりように戸惑《とまど》った。

去年の四月それに十月、やはり報告に訪ねたときは、みずから席を立ち、黒川に握手を求めながら応接用のソファーを勧めたのに、この日は執務机で書類に眼を落としたまま、言葉遣いも態度も横柄そのものだった。年長者の自分が立ったまま挨拶をしているのに、久慈はソファーに座れとも言わない。

黒川は頭に血が昇って、こめかみのあたりが熱くなってきたが、怒るな、落ち着けと冷静に思い直した。

そういえば酒井元頭取にしても、やはりそうだったではないか。いや、酒井の場合は机の上に両足を乗せ、相手に靴の底を見せたまま対応することさえあったのだから、それに較《くら》べれば、久慈はまだましと思わなければいけない。

それに、黒川は腹に一物を含んでいた。

久慈を誘い出すこと。

それがこの日の一番の狙いなのである。その目的を達成するためには、久慈の横柄な態度ぐらいのことで、感情的になっていてはいけない。

おれは若いころから、何度も修羅場《しゅらば》をくぐってきた。いまさら蒼白い顔のお前の挑発に乗り、自分を見失うほど未熟ではないぞと内心でみずからに言い聞かせ、代わりに黒川は、いくらふんぞり返ってみせても、酒井ほどサマになっていないなと、腹の中で久慈をせせら笑うことにした。

決算報告の挨拶を終えると、さらに黒川は腰を低くして久慈に近づき、努めて穏やかな口調で話しかけた。

「頭取。今期もおかげさまで、無事決算を終えることができました。つきましては恒例になっておりますお食事など、いかがかと、今回は亀遊閣ではなく、鳳凰《ほうおう》で中華料理をと考えております。最近、新しく採用したコック長が中国人でして。こいつは上海《シャンハイ》で一、二を争う料理店で、サブのコック長をしておったそうです。メニューも一新しましたので、一度ぜひ頭取をご招待しなければと前々から考えておりました。この機会にぜひいかがでしょうか」

黒川は久慈の表情の動きに注意しながら言った。

「すると上海料理ですか」

お義理というだるそうな口調で、久慈が聞き返した。

「上海料理はこの地方の、卓袱《しっぽく》料理に通じるものがあると、自負《じふ》しています。いずれ上海蟹《がに》の季節になりましたら、その方も改めてご案内させていただきます」

「糖尿病によくないんでね」

「しかし頭取の糖尿病は、境界型とうかがっておりますが、心配なさることはありませんでしょう」

「人の体だと思って……」

久慈が苦笑しながら言ったとき「実は」と黒川が久慈のデスクに一歩近づいた。

「この間の島田町の総合病院での事故ですが、結局大事に至らなかったということで、わたしたちも胸をなで下ろしました」

「そうそう、その節はお花をたくさん、お見舞いに自宅の方へ届けてもらって、そのお礼もまだでしたね。いや、いつもいろいろと恐縮です」

「しかし本当に、何事もなくてよかったと思っています。その犯人の件ですが、わたしの方でいろいろなルートを動員して調べています。その結果唐津ナンバーの小型乗用車につきましては、かなり絞《しぼ》りこみました。車の所有者がはっきりしたら、犯人も……。この調子なら思いの外《ほか》早く、事件が解決するかも知れません」

黒川はわざとらしくゆっくりと説明した。久慈の表情が動いた。

「事件って、しかし事件はなにもなかったんですよ黒川さん」

「いいえ。犯人を逮捕して吐かせれば、すべてはっきりします。あれは頭取の奥さまを狙った、紛《まぎ》れもない殺人未遂事件なんです。そのことも明らかになるでしょう」

当惑しきった久慈の、色白で端正な顔を覗き上げるように、黒川が白眼の多い眼を久慈の面上に止めた。

「まさか。殺人未遂だなんてそれは大袈裟《おおげさ》だよ。困るよ黒川さん。そんなふうに騒がれるのは正直言って迷惑なんだ。なんでもなかったんだからな」

顔の前で手を振り、さらに久慈は首まで振って否定した。

「そうなんですか。頭取のご意向ということでしたら。それはともかくとして、来週の金曜日の午後七時ではどうでしょうか」

「え?」

「上海料理です。四、五人ですとちょうどいいらしいです」

「ああ。うん。わかった。金曜日の午後七時ですね」

久慈が吐息交じりにうなずいた。

駐車場の事故の真犯人出現を、久慈がなぜ恐れるのか、黒川なりに計算はしていたが、それにしてもあの拒み方はちょっと異常だと黒川は思った。しかし実はそれが黒川の読み筋、すこしぐらいの代償を払ってでも、久慈としては事件の関連の問題を、いまさら暴《あば》かれたくないと、反応するはずだった。

仮に殺人未遂といった大袈裟なことでなくても、病院の駐車場で車を急発進させて、危うく西海銀行頭取夫人を引っかけようとしたということが公《おおやけ》になったら、マスコミが黙ってはいないに違いない。まず西海銀行頭取夫人が、暴力団かやくざ組織の人間に狙われた……と、受けとられる。そうなったら、なぜなのか、どうして闇の世界に、と原因追及に動きはじめるはずである。

その結果は、西海銀行の片寄った融資姿勢にたいする警告だろうとか、融資を拒まれて、経営不振におちいった企業の報復……といった推測記事をのせられ、加えて銀行としては不名誉で芳《かんば》しからざる識者のコメントが、新聞紙上に登場しかねない。そんなことにでもなったら、久慈は西海銀行頭取としての手腕、経営能力を問われかねなかった。

食事の誘いを断って、黒川の機嫌を損なうわけにはいかない。

約束の金曜日午後七時。

久慈は懐刀の藤井専務と、取締役になった秘書室長の落合、そして新しい秘書室次長の石渡《いしわたり》の三人をともない、四人で中華飯店・鳳凰に現れた。

迎えた黒川観光側は、社長の黒川と経理部長が対応。それに〈銀の馬車〉の若いホステス五人を接待係に用意して出迎えた。ホステスの五人は、いずれも二十代前半で〈銀の馬車〉のなかでも売れっ子揃い。

そのなかにブラジル系混血の、ホセ・マリコ・オオサキがいた。マリコは久慈の右隣に座った。

黒川が、その席順を決めたのである。黒川は若い頃からの水商売の経験から、宴席の男は左隣より右隣に座る女性に、関心が向きがちなことを知っていた。たぶん女性を口説くときに、利腕《ききうで》の右手が自由に使えるからに違いない。右手が自由に使えれば、スキンシップがやりやすくなる。

マリコは二十五歳。十八歳のときブラジル現地の若者と一度結婚し、別れた男との間に二児がいた。

南米系の混血といっても、身長は一五五センチと小柄で、スリムな体の割りにそこはやはり胸と腰回りの肉付きはよく、俗に言うダイナマイトボディーで、肌の色も日本人以上に白かった。

胸許《むなもと》を大きく開けた、クリーム色のドレスから覗くマリコの胸の盛り上がりは、男なら思わず見とれてしまうくらいで、加えて目許の彫《ほり》の深さにエキゾチックな雰囲気が漂っていた。

会話はスペイン語より英語。マリコは日本語も日常会話程度なら十分使えた。

東大法学部の出身だったから、英語はお手のものの久慈は、マリコと英語で話しはじめた。西海市では街中でも英語で話をすることに、さほど抵抗がない。近くに米軍基地があり、いたるところでアメリカ人に出会うからである。街にもアメリカンムードが溢《あふ》れ、英語は普段から使われていた。

むろん黒川もブロークンだったが、キャバレー〈銀の馬車〉に出入りする米兵を相手に、交渉の必要に迫られ、日常会話ぐらいは喋《しゃべ》ることができた。

「頭取。マリコは去年の暮れ、〈銀の馬車〉に勤めはじめたばかりなんですよ」

「すると日本はまだ半年くらい？」

「マリコの父親は、かつて北松浦《きたまつうら》の炭鉱で働いていたんです。昭和三十四年頃でしたね。

炭鉱が不況産業になって、閉山するヤマが相次いだでしょう」

「ああ。当時は炭鉱離職者で、ブラジルやボリビアなどの南米に移住した人が多かったねえ。すると、マリコさんのお父さんも、その頃ブラジルに渡った一人かな」

「その通りです。それで親父さんは二十六歳のときに、四歳年上のブラジル人女性と結婚して、女の子が生まれた。それがこのマリコなんです」

「それで、どうして日本に?」

「ご承知の通り、ブラジルは不景気とインフレで、二年前に離婚したので父親の出身地のこの西海市へ、一人で戻ったんです」

「そうか。ブラジルに渡った日本人は、みなさん大変だそうだけど、マリコさんのお父さんもご苦労なさったわけだ」

久慈はマリコの掌《てのひら》に自分の右手を委《ゆだ》ねたまま、真顔で言った。

ビールで乾盃をすると、すかさず前菜からはじまる料理が、大きな丸いテーブルに並んで、白い服の従業員が一品ずつを各自の小皿に取り分けた。

「頭取、いいスコッチが入りましたが、ビールの後で水割りはいかがですか」

「いやビールでいい。それよりこの料理おいしいね」

「お口に合いましたか。ところで頭取、例の件、唐津ナンバーの犯人ですが、この間のお話で動きにストップをかけておきました。それでよろしいのでしょうか」

「え、ああ。うん結構。そうですか、ありがとう」

びくっとしたように体を反応させて、久慈がぎごちなくうなずいた。

「でもいつでもすぐ動き出せるよう、犯人追及の態勢はそのままにしておきます」

ダメ押しという感じで黒川が言った。

久慈は臆病そうに低く言った。

「穏便に……」

「わかりました。ときに頭取いかがでしょうか、こんどの連休の間に壱岐あたりでゴルフをしませんか」

「ゴルフですか」

「ちょうど季節もよくなったし、魚もうまい時期です。泊まりがけでどうでしょう」

「しかし、いまから一泊のゴルフの予定というと、連休中でも時間が取れるかどうか……」

久慈は落合の方へ首をねじりながら言った。

「ゴールデンウィークの期間中は、頭取も銀行をお休みになられるでしょう。ここにいる銀の馬車の二、三人を連れていきますから、気晴らしに行ってみませんか。というのはですね、マリコがあと半年でブラジルへ帰るらしいんですよ」

「あと半年で帰っちゃうの」

久慈が思わず聞き返した。

「向こうに子どもば置いてきていますからね。それやこれやで気になるんでしょう。子どものことなると帰るなとも言えません。頭取のお供で一度壱岐あたりへ連れていってやれば、マリコには日本のいい思い出になると思います。どうね。マリコからも頭取さんにお願いせんね」

笑顔で黒川がマリコをうながす。

「トードリさん、イッショにイコ。トードリさんとイッショナラ、ウチもイキタカ」

マリコは久慈の二の腕に、柔らかい胸を押し付けながら、甘ったるい声を上げげた。

「ちょっと待って。人目があるから、そんなにくっつくなよ」

久慈は眉をしかめながらも、口許を緩《ゆる》めてマリコのバストの感触に、なんとも言えない表情を浮かべていた。

「よし。それなら決まりタイ。マリコ、頭取さんと壱岐へ行けるかどうかは、あんたのサービス次第やけんね。しっかりお世話ばせんといかんバイ」

目配せをするように黒川がマリコに言った。

「ワカッタよ。シッカリオセワばスルよ。マカシトキ」

言ってマリコが大きな眼で久慈の鼻筋の通った顔を覗いてウインクをしてみせた。

2

五月のゴールデンウィークの一日、黒川甲子三と久慈悟の二人は、佐賀県呼子町《よぶこちょう》の港から、九州郵船のフェリー「玄海《げんかい》あずさ」に乗り込み、壱岐に向かった。

ゴルフの接待にわざわざ壱岐を選んだのは、仲間の呉が経営するリゾートホテルの一つ、〈ホテル・壱岐〉があったからである。波の荒さで歌にも唄われる玄界灘《げんかいなだ》は、春に多い西風もなく、穏やかな海面をフェリーは快調に進んで、乗船時間一時間五分で壱岐島の印通《いんどお》寺《じ》港に到着した。

そこからは車で国道三百八十二号を北上し、約二十分で壱岐カントリー倶楽部《くらぶ》に着く。壱岐カントリー倶楽部の玄関には、先に到着した呉が二人を待っていた。呉は早速車のトランクルームから、久慈のキャディーバッグを受け取り、すでにチェックイン済みであると、二人をロッカー・ルームに案内した。

観光業者の呉清一が、クラブに先回りしていることは、フェリーの中で久慈に話してあった。黒川が呉の名前を出したとき、一瞬久慈はいやな顔をしたが、「実は例の犯人探しで、呉が中心になって動いていましたので、頭取から途中でストップをかけた理由を説明してやってください」と言われ、久慈はいやも応もなく納得させられたのだった。

壱岐カントリー倶楽部は、勝本《かつもと》ダムを取り囲むように展開する九ホールで、同じところから二度プレーをして、合計一ラウンドする。

距離は短めだが、自然のままのアンジュレーションに加え、全体の三分の一に池や川がレイアウトされていて、ダム越えのホールもあった。また距離のないホールはバンカーでがっちりガードされたり、ＯＢがあったりして、なかなか気の抜けないコースですと呉が久慈に説明した。

昼近くにスタートした三人は、当初、九ホールで上がる予定でいた。

「頭取からどうぞ」

黒川が久慈に言った。

久慈のゴルフはよくて百、ふだんは百十のレベルである。ところがなぜかこの日は、ショット、パットともに面白いように決まり、ハーフのスコアはセブンオーバーの四十三だった。

「いやあ、久し振りに四十五を切ったな。黒川さん、あとハーフ回ろうじゃないか」

久慈が自分から、あとハーフとせがむのはよほどであった。頭取になってから初めてではないか。それほど久慈は四十三のスコアにご機嫌だった。

「わたしも、このままでは終われません」

黒川は五十一を叩いていた。一番若い呉も四十八だった。呉はハンデが九だったから、もちろん手抜きをしていた。ダム越えの名物ホールで二度池ポチャをしたのである。

結局久慈の希望通り、あとハーフを三人でラウンドした。スコアは久慈がいぜん好調で四十五、黒川五十三、呉四十四だった。

「八十台で回ったのは何年振りかな」

汗を拭きながら久慈は表情を崩した。

「頭取の調子がいいんですよ。この難しいコースで九十を切るとはさすがですね。シングルハンデの呉君が九十二なんですから」

「パートナーに恵まれたんでしょう」

久慈は嬉しそうに言った。

夜は呉が経営するホテル・壱岐で宴会を開く。そこには黒川が用意した〈銀の馬車〉のホステス三人が待機していた。

もちろんマリコもいた。

ホテル・壱岐は、郷ノ浦の海岸に建つ六階建てのリゾートホテルで、客室数は二十九室とそれほど大きくはないが、眼下に郷ノ浦港を見下ろす眺望が素晴らしかった。

客室はすべて海に面していて、朝、昼、夕方と移り変わる海の景色が、たっぷり堪能《たんのう》できる。とりわけ最上階の温泉展望風呂から眺める夕陽は、見ていて溜め息が出るほど美しかった。東シナ海の水平線を金色に染めて、ゆっくりと沈んでいく巨大な日輪を眺めていると、人間の存在がいかにも小さく思えて、日々の仕事に追われる自分が馬鹿らしくなってくるのだった。

呉は支配人に命じて、夕方の五時から六時まで、他の客が入らないよう、展望風呂を久慈の貸し切りにしていた。

ゴールデンウィークの最中に、ホテルの売り物である展望風呂、それも温泉を、夕方の一時間も貸し切りにできるのは、ホテルのオーナーであればこそだった。

郷ノ浦の温泉は透明な単純泉で、リューマチ、神経痛などに効能があった。海辺にある温泉の特徴で、なめるとちょっぴり塩辛く、肌がすべすべしてくるのがわかる。久慈が黒川とゴルフで疲れた体を、ゆったりと温泉の湯に浸して夕陽を眺めていたとき、急に更衣室の方が騒がしくなり、ほどなくキャーキャーと嬌声《きようせい》をあげて、三人のホステスが闖入《ちんにゆう》してきた。

「失礼しまーす」

なんと三人は、一応はタオルで胸から下を覆ってはいたが、タオルを外せばその下は、生まれたままの素っ裸であった。

「お、お……」

久慈はびっくりしたように言葉を失う。

「頭取、展望風呂はわれわれの貸し切りで、誰も入ってくる気遣いはありません。それにここは西海市と違って、知っている人間は誰もいませんから、今日一日は裃《かみしも》を脱いで、気楽に楽しんでいただきたいのです」

「しかしいかんよ。困るなこんなことは」

「よかやないですか。頭取はN県や西海市ではなんといっても一番の有名人ですから、いつもみんなから見られていて、気の抜けない毎日を送っていらっしゃる。ですからこういうときしっかり息抜きをしておきませんと、ストレスが溜まって体を壊します。今日はこの三人の子たちが背中流しのサービスをしてくれると言っていますから、遠慮しないでください」

　言いながら湯船を出た黒川は、率先して洗い場に上がると、ホステスの一人に背中を向けた。

「ほらマリコ。あんたも頭取さんの背中ば流してやらんね」

「いや、私は……」

「トードリさん、ワタシにトードリさんのセナカばナガサセテ」

　マリコの日本語は、父親も九州の出身だったからむろん九州弁。しかし中途半端なイントネーションの、甘ったるい口調でねっとり迫られると、妙にコケティッシュに聞こえ、男の気持ちをくすぐった。

「しかしいかんよやっぱり」

なおも久慈が拒んだ。

「トードリさんツメタイね。ウチジャ、イケント?」

「いや。そういうことじゃないんだよ。誰かに見られたら言い訳ができないからなア」

「ナラ、ヨカタイ。ダレもミトランたい。アンシン。サ、アガッテ。セナカばナガシテアゲルたい」

洗い場から無理やり手を引っ張るマリコに、仕方ないといった感じで、久慈は湯船から上がった。そのまま洗い場の腰掛けに腰を下ろすと、背後からマリコがタオルにシャボンをつけ、六十代後半の、皮膚のたるんだ老人の背中を流しはじめた。ときどき盛り上がった乳房を、久慈の体に押しつけたりもした。

久慈は諦めてマリコに体を委《まか》せる。だが顔は満更《まんざら》でもなさそうだった。

「マリコ、頭取さんはゴルフのうまかとよ。きょうはスコアがよかったから、疲れなさっとるけん、背中ば流したら肩をおもみして差し上げなさい」

「いやいや、マリコさんに背中を流してもらっただけで、ゴルフの疲れも一遍に吹き飛び、十歳ぐらい若返った感じだよ」

黒川の言葉に、久慈はそれまでとは打って変わって軽口で言った。

風呂から上がって宴会になってからも、久慈の機嫌のよさは続いた。ゴルフの好スコアと、展望風呂での裸のサービスで、すっかり開放的になり、久慈は勧められるままに、ビールをグイグイと飲んだ。

伊勢海老《いせえび》のお造りを中心に、玄界灘で捕れた魚介類の刺身の山盛りだった。

「呉さんも一杯どうですか」

久慈にしては珍しく、あれほど嫌っていた呉にまで盃を差し出した。

「ありがとうございます」

「きょうの呉さんのスコアは実力ではないでしょうが、やっぱり飛距離が違いますね。いいボールを打っておられた」

「でも、今日のベストスコアは頭取のハーフ四十三ですからね。頭取のゴルフを見ていると、スコアメークはやっぱりアプローチとパットだなと教えられました」

「きょうはたまたまよかっただけですよ」

ゴルフの話でひとしきり盛り上がり、その間にも黒川と呉は、交互に久慈のグラスにビールを注《つ》いだ。

久慈に返盃しながら呉は、このホテル・壱岐は十三年前に、買収費の一部を酒井頭取の好意で、西海銀行からお借りしたものだと説明した。

「ほう。うちから出ていましたか」

「この分の返済は完了しています。しかし西海銀行のご融資で入手したホテルに、久慈頭取がお泊まりくださって、感激しております」

呉が一膝下がる感じで言った。

やがて宴たけなわになったところで、呉は用意のラジカセを座敷に引っ張り出した。

「頭取。マリコさんがリオのカーニバルで踊る本場のサンバを、ぜひ頭取に見てもらいたいと言って、衣装まで用意してきているんですが、よろしいでしょうか」

「サンバですか。それは見たいですね」

「じゃマリコさん用意して」

呉が促すと、マリコは部屋の隅の衣装バッグから、フリルのついたピンク色の派手なドレスを取り出した。

「チョット、キガエテクルケン」

含み笑いで言いながら別室に下がり、戻ってきたときは薄く透ける煽情《せんじょう》的な装いに変わっていた。

呉がテープをセットしスイッチを入れると、アップテンポでビートのきいた音楽がけたたましく流れ出す。とたんにマリコは水を得た魚のように、両手を泳がせるような煽情的でリズミカルな動きで、腰を振って踊りはじめた。

踊りが中盤に差しかかると、マリコが腰に巻き付けたフリルを取った。

一瞬で、深く太腿《ふともも》に食い込んだ、ハイレグのレオタード姿に変わる。ブラジル人の血が半分混じったマリコは、体は小柄だが脚が細くすらりと伸び、リズムに乗ってよく引き締まったヒップが揺れて、久慈の目がマリコの下半身に釘付けになる。

腰のグラインドが一層激しくなり、まるで男を挑発する雰囲気であった。

「頭取、踊りまっしょい」

黒川が先に立ち上がり、あと二人のホステスを促して、マリコと一緒に激しく腰を振りはじめた。

久慈は初めは笑いながら見ていた。そのうちマリコが促し、他のホステスも久慈の手を引いて促した。サンバなど踊ったことはなかったが、ヨロヨロしながらも三人の女に支えられて動きに合わせる。それは頭取室で、しかめっ面《つら》でふんぞり返っている久慈の姿ではなく、目尻を下げて、必死に踊りに合わせようと、不器用に動いていた。

マリコがさらに挑発するように、久慈の両手をとって自分の腰の上にそえさせた。

しかし、四、五分も踊ると、たちまち久慈の足がもつれた。ゴルフでの疲れに加え、サンバ特有のリズミカルな動きで、それまでに飲んだビールの酔いが、一気に噴き出してきた感じである。

「いやあ参った参った。目が回って心臓が飛び出しそうだ。もう降参です」

言うなり久慈は、座敷の真中《まんなか》に崩れるように座り込んだ。

「やっぱりサンバのリズムは、年寄りには無理ですね。わたしも疲れました」

同時に倒れ込んだ黒川も、両肩で大きく息をつきながら言う。しかし久慈はもう返事をするのも大儀そうな様子だった。
一、二分ほどしてやっと動悸のおさまった久慈は、座卓の前に座り直した。しかし、浴衣の裾《すそ》は大きく乱れたままで、久慈はそれを直す余裕もなかった。
「大丈夫ですか、頭取」

言いながら呉は、用意のコップの水を久慈に手渡した。冷たい水をうまそうに一気に飲んで、久慈はようやく一息ついた。

「大丈夫です。しかし疲れた。ちょっと調子に乗りすぎました」

久慈は両肩をガックリ落として言った。

それを見て呉がカセットのテープを外し、目配せした。黒川は久慈を覗き込み、心配そうに語りかけた。

「頭取、そろそろお開きにいたしますか。私たちも休ませていただきます。貴賓室にすでに床が用意してありますから、仲居に案内させます」

言いながら黒川は、呼び出しベルを鳴らした。

「いやいや、もう十分ですよ」

「そういえばマリコは、マッサージの名人だったね。ちょっともんで貰うと、疲れがとれますから。マリコ、頭取さんをお部屋にお連れして、二、三十分おもみして差し上げなさい」

レオタードの上から薄いガウンを羽織ったマリコが、久慈の右脇に肩を入れて抱き上げる。久慈はされるままにマリコに抱《だ》き抱《かか》えられて貴賓室に消えた。

貴賓室のベッドで久慈は横になるより早く眠りにおちていった。

「いいか。十五分だけ我慢しろ。十五分経ったら、つねっても起きないくらいに熟睡するから、それまではタッチをしてきても、嫌がらずに久慈の好きにさせてやるんだ」

事前に呉はそう指示していたが、その通りぴったり、久慈は眠りこんでしまった。

マリコに支えられた久慈が、座敷を引き揚げたあと、宴席ではちょっとしたトラブルがあった。当初の予定通りに撮影に取りかかろうとする呉を、黒川が制止したのである。

「もう撮影はしないでもいいだろう」

黒川が首を振って言った。

「写真は必要ないと言うんですか」

「これぐらいわれわれと打ちとけてくれれば、これからは久慈頭取もいままでのこだわりを捨てて、わしらとフランクに付き合ってくれるんじゃないだろうか」

「しかし写真は撮《と》っておきましょうよ。今日のところは打ちとけてくれたけど、西海市に帰ったら、また元《もと》の木阿弥《もくあみ》になるかもしれないんだから」

呉は、これまでの久慈の仕打ちが、よほど頭にきていたとみえ、強硬に写真に撮っておくことを主張した。

「やっぱり撮るか」

黒川が吐息で言った。

「使う使わないは、今後の久慈の出方を見て決めればいいじゃないですか。使わずに済めばその方がいい。だけど久慈の態度が変わらなかったら、そのときは切り札に使いましょう。今度また誘っても、次はオーケーするかどうかわかりませんよ」

そこまで言われると、黒川としても反対する理由はない。しかも今回の計画は、呉が筋書きを練り、すべてのお膳立てをしてくれてできたことだった。

腕時計を見て、十五分経ったところで、黒川と呉は廊下の様子を窺ってから、久慈の部屋に向かった。

呉は右手に三十五ミリ一眼レフカメラを携えていた。かつて黒川が基地の米兵から買い取った、暗視用高性能カメラである。中には高感度フィルムを装塡《そうてん》し、薄明かりで鮮明に写るようになっていた。

呉が廊下から、貴賓室のドアを軽くノックすると、中から顔を出したマリコが、片目をつぶって小さくうなずいた。

「どうだ?」

声を殺して呉がマリコに聞く。

「オーケーよ」

二人がマリコに導かれて部屋に入る。久慈はピクリともせず、死んだように眠りこけていた。

「うまくいったか?」

声を詰めて確かめる。

「ダイジョーブよ。ヘヤにハイッテスグ、バタンキューだもん」

「じゃ、仰向けにしよう」

言いながら黒川はうつ伏せになっている久慈の体を仰向けに反転させた。かなり手荒く扱ったが、それでも久慈は脳溢血《のういっけつ》の発作を起こした患者のように、高鼾《たかいびき》をかいて眠ったまま、まるで正体がなかった。

「よし。久慈の浴衣を剝いで裸にして、マリコは上から乗っかるんだ」

黒川が言うと、レオタードを脱いで豊満なバストもむき出しに、素っ裸のマリコがトランクスを外した久慈に跨《また》がった。

「シックスナインのスタイルで、久慈のものを口にくわえてみろ」

今度は呉が指示を出した。

一瞬、久慈が譫言《うわごと》のように、なにかをつぶやいた。

黒川はギョッと手を引っ込めたが、心配することはなかった。久慈はなおも深く眠ったままである。

呉が前や後ろと、あるいは下がって、さらに真上からと、動き回って矢継ぎ早にシャッターを切った。

「まだだいじょうぶだな」

呉がマリコに確かめた。

マリコの肩口から覗き込むと、ちょうど絶頂に上り詰める寸前のように、苦悶《くもん》の表情を浮かべた久慈の顔があった。

「しかし、どうしてこんなによく……。お前、睡眠薬を余計に入れすぎたんじゃないだろうな」

あまりの熟睡ぶりに、黒川は不安になったくらいだった。

「大丈夫ですよ。海外旅行に行くときに、時差ボケ防止用で飛行機の中で眠れるよう、医者が処方してくれたブロバリンを、一回分だけ入れましたから、六時間ぐらい熟睡したら、気分爽快で起きてきます」

それから約十分ほど、黒川と呉はマリコにあれこれ指示をしながら、久慈とマリコの二人が、さまざまに体を交差させている写真を撮り続けた。

「よし、これくらいでいいだろう。マリコは打ち合わせ通りに、このまま頭取のベッドで寝るんだ。明日の朝目が覚めたら、昨夜は頭取さん激しかったよと言うこと」

撮影が終わると、呉は用意してきたコンドームを取り出し、そのなかに自分の唾液を入れて、さも使用後のように細工をし、ティッシュと一緒に紙くずかごに放り込んだ。

「オーケー。トードリさんにキカレタラソレばミセタラ、ヨカトヤロ」

「ああ。この前の打ち合わせで約束したように、うまくいったらボーナスをやる。ブラジルに帰って親子三人、死ぬまで遊んで暮らせるくらいやるぞ」

「ダイジョーブ。チャントスルよ」

マリコが親指を一本つきたて、二人にウインクするのを確認して、黒川と呉は貴賓室を出た。

3

翌朝、いつもの習慣で、午前六時に目を覚ました久慈は、口から心臓が飛び出るほどびっくりした。どうしてなのかベッドの自分の隣に、素っ裸の女が眠っている。

はっとして確かめるとマリコだった。

裸なのは女のマリコだけではなく、久慈自身も生まれたままの姿である。久慈は昨夜の酔いの残る頭を二、三度振って、朦朧《もうろう》とした記憶の中から、なぜ自分の隣にマリコがいるのか、なにが起こったのかを、必死に思い出そうとした。

記憶が断片的に蘇《よみがえ》ってきた。

昨日は黒川と呉との三人でゴルフをした。そのあと呉の温泉ホテルに入って、展望風呂でマリコに背中を流してもらい、宴会では調子のいい黒川に乗せられて、踊ったことのないサンバをマリコと一緒に踊った。

そこまでは覚えている。

しかし、そこからがどうしても思い出せない。それにしてもなんとも愚かしいばか騒ぎをしてしまった。

「マリコさん、ちょっと……」

久慈はマリコの肩を揺り動かした。

「ウ、ウーン」

マリコは体を反転させ、寝返りを打った。

とたんに毛布がずれて、胸の二つの隆起とウエストの締まった艶のある腹部から、その下の栗色のヘアーが目に飛び込んできた。視線をずらすと、下腹部の濃い繁みが朝の光のなかで艶やかに光っている。

「マリコさん、起きてくれ」

もう一度体を揺すると、やっとマリコが薄目を開けた。

「アラ、トードリさん、もうオキタト?」

マリコがのそのそと上半身を起こして、けだるそうに久慈を見上げた。たるみのない豊かな胸の膨らみが揺れて、目の前に迫る。

久慈は視線を外してマリコに聞いた。

「マリコさんは、どうしてここにいるの」

「エ？」

「だから、いつわたしのベッドに入ってきたのかね」

聞きながら久慈は毛布で自分の腰を包んだ。

「ヤーダアッ。トードリさんオボエテオラントね」

「申し訳ないね。きみと一緒にサンバを踊ったところまでは記憶にあるんだが、そのあとがよくわからない」

「ウチ、トードリさんばヘヤにツレテキテ、マッサージばシテアゲタトよ。トードリさんタラ、ホントにオボエテオラント？」

「面目ない……」

「トードリさん、ヒサシブリダトカナントカイウテ、ワタシばダイタトよ」

「まさか、そんなことはないだろう」

久慈は強く首を振った。すでに何年も前から、六十歳を過ぎてからはそういうこととは無縁。間違って朝方に男のものがモジョモジョすることも、最近はなくなってしまった。性欲は枯れきってしまっていた。

「ウチ、ウソはツカンもん」

「しかし……」

「マッサージシテタラ、トードリさんがイキナリオソッテキタケン、コドモのデキタラコマルとオモウテ、コンドームばシテモロウタト。コレが、ソノショーコよ」

マリコはベッドから腰をずらして、サイドテーブルの下にあったくずかごから、コンドームを拾い上げた。マリコがつまみ上げた指先には、くしゃくしゃになったティッシュペーパーと一緒に、使われた痕跡の残るコンドームがぶら下がっていた。

「しかしマリコさんはいつもコンドームを持ち歩いているのか」

「ブラジルでは、オトナのオナゴがモッテイルコト、ミンナジョーシキよ」

そう言われると二の句が継げない。

久慈はそれでも納得がいかず、さらに疑問をぶつけた。

「私は、ちゃんとマリコさんとできたのかね」

「ハジメのウチは、チョットね。デモダンダンダイジョーブにナッタよ。ウチもウレシュウナッテ、チャントイッタと。トードリさん、カオにニアワズ、スケベね」

顔に似合わず助平だと言われて、女の言葉に笑うわけにもいかず、久慈は拒むように吐息をついた。

自分にはまったく記憶がないし、いま一つ釈然《しゃくぜん》としなかったが、使用済みのコンドームまで見せつけられると、あるいはそうだったのかも知れない。
マリコがベッドを下りて、立ったままブラジャーをつけはじめた。
すらりと伸びた足、その上にボリュームのある腰の豊かな曲線があり、太腿が重なった
むき出しな女のデルタ地帯には、白い肌になにか妖《あや》しい生物が密着しているような、栗色
の縮れた剛毛の繁みが、勝ち誇ったように輝いている。
その豊かな肢体を、虚《うつ》ろな視線で眺めているうちに、久慈の胸に猛然と後悔の念が噴き
上げてきた。
年甲斐もなく、調子に乗りすぎた……。
なにか黒川と呉の二人に乗せられた感じだったが、いまさら悔やんでもどうにもなるも
のではない。
「トードリさん、ウチ、オナカのスイタ。アサゴハンばタベにイコ」
女の着衣の手順はわからなかったが、マリコはブラジャーの次にパンティーをつけ、そ
の上からはじめに着てきたガウンをまとい、だが、急になにかを思い出したように、「モ
ットサービススルかトードリさん」と肢体をくねらせて、ベッドでぼんやり考えていた久
慈にしなだれかかった。
「なに？」
「モウイチドシテモイイよ」

「いや、いいんだ。先に食堂へ行っていてくれないか」

「オーケー。ジャスグにキテね」

「それからトードリさんって言うの、やめてくれ。人に聞かれたら困る」

「ナラナンテヨベばヨカト？」

「トードリさん以外ならなんでもいい」

「オトーさんでイイカ」

久慈は吐息でうなずいた。

遅れてレストランに入っていくと、マリコをはさんで黒川と呉が食事をしていた。黒川は悄然《しょうぜん》とした久慈の姿を見るなり、椅子を立って手招きをした。

レストランでは、何組かの客が朝食をとっていた。久慈は黒川の手招きにうなずき、テーブルに近づくと「オトーさん、ココにスワッテ」と、マリコが遠慮のない声で呼ぶ。思わず顔を伏せて久慈は椅子を引いた。

「お早うございます」

黒川とそれに呉が揃って頭を下げた。

「どうも……」

「お疲れじゃございませんか。もうすこしゆっくりなさるのかと思って、先に食事をとらせていただきました」

「どうもゆうべは醜態《しゅうたい》をさらしてしまって。なんともお恥ずかしい」

「だいじょうぶです。今朝のお客は全員北九州市とあとは関西からですから。もし西海市やN市のお客がいたら、別室で朝食をと思っておりましたが、さきほど支配人に念を押して確認をとっておきました」

ほとんど頭髪のない呉が、飲みこみ顔で言った。眉毛が薄いせいで、細い目の不気味な顔である。

「ほかの二人は?」

「マリコ以外のホステスは、朝一番のフェリーで先に帰しました。頭取がマリコと今朝まで一緒だったことは、誰も知りません」

呉がわざとらしく言った。聞きようでは自分は知っているぞと、わざわざ念を押しているようだった。

「それは……」

「男なら誰でも、成り行きで引っ込みがつかなくなることの一度や二度はあるものです。かりに頭取とマリコの間になにかがあったとしても、マリコは、どうせ半年後にはブラジルへ帰るし、呉も意外と口の堅い男ですから、本当に気にせんでください」

「黒川社長。意外とだけはよけいですよ。社長だってわたしの口の堅いのを信用しているからこそ、こうやってお付き合いしてくれているんじゃないですか」

「そらその通りさ。頭取もご存じのように事業家は口の堅さが、信用ですからね。わたしが酒井頭取に可愛がってもらったのも、その点で信用してくださったからです。それは呉君にもよう言い聞かせてあります」

「ただですね黒川さん。恥ずかしいことだがわたしは自分の部屋へ戻ってからの記憶が、まったくないんですよ」

「頭取。もうよかよか。昨晩《ゆうべ》のことは過ぎたことです。わたしも呉君もマリコもみんな忘れてしまいました。それよか壱岐の魚はうまいですよ。あれこれ考えると朝食がまずうなります。早く飯にしませんか」

「しかしねエ……」

「頭取、こう言ってはなんですが、酒井さんに較べれば、頭取の遊びは、遊びのうちに入りません」

そうなのである。

酒井元頭取の時代は、酒井が二人の愛人を抱えていながら、その上打ちっぱなしという、その場限りのアバンチュールも楽しみ、そのことも愛人の存在もまったく問題にならなかった。どうしていろいろな女に手を出すのかと聞かれて、「銀行の頭取だからさ」と、酒井は笑いながら答えたくらいだった。

その酒井に較べれば、自分はたった一度過《あやま》ちを犯しただけで、しかもこのことを知っているのは、長年酒井の女遊びに付き合ってきた黒川と、その子分といっていい呉、それにマリコの三人である。

そのうちの一人、マリコは半年もすれば日本からいなくなる。残った呉にはいま一つ信用が置けなかったが、それも黒川が睨《にら》みをきかしてくれるに違いない。最悪の場合でも、何度かの融資を承知してやれば、それですんでしまうかも知れなかった。

恐らく昨日の接待も、それが二人の目的だったのだろう。

そう考えると、久慈はいくらか気分が楽になってきて、自分の前に並べられた朝食に箸をつけた。

4

壱岐から帰った二日後、リゾート興業の呉社長がネガと写真を持って、一人で黒川観光の本社へ訪ねてきた。

呉は胸をそり返らせていた。

「大将、やりましたね。バッチリ撮れていますぜ。まるでマリコとやっている最中そのものですよ」

黒川が焼き付けた写真を覗くと、呉の言葉通りなにか放出の瞬間、絶頂そのものといった久慈の顔が、はっきり写っていた。目を瞑《つむ》ってはいたが、口を開けていてそれがかえっていわくあり気な画面になっていた。

「よし。この写真とフィルムはおれが預かっておく」

「大将、このブツをどう利用しますか。久慈に直接ぶつけるんですか」

呉は性急な口調で言った。

「まあ待て。おれにまかせておけ。それまで動いちゃいかんぞ。いいな」

「これだけのブツがあるんですよ」

「とにかくお前は動くな。下手《へた》に動いたらこれになるぞ」

黒川は両手を前で揃え、手錠をかけられる仕種《しぐさ》をした。

「わかっていますよ」

「くれぐれも軽率な真似はするな」

黒川は、久慈の写真はあくまでも最後の切り札にするつもりでいた。

その前に、西海銀行との関係が修復できて、写真を使わずに済めば、それに越したことはないのである。

それから一週間後、久慈はN県警本部の幹部を交えた県公安委員会の会合に出席した。

県公安委員会の委員をつとめて丸二年目、久慈悟は、この四月から同委員会の委員長に就任していたのだった。

県公安委員会には、西海市観光協会会長の黒川も、オブザーバーで出席していた。

午後六時すこし前に会が終わって、県警本部を出ようとした久慈に、遅れてエレベーターへ走りこんできた黒川が、亀遊閣でどうかと、盃を持つまねをして言った。

――やはり来た。

壱岐から帰って以来、いつ声をかけてくるかと心配していた。

一カ月前までの久慈なら、なにかと理由をつけてその場で断っていたはずだったが、壱岐での一件があるだけに、久慈としても無下《むげ》には断れない。むしろここで黒川の誘いに応じて、壱岐での一件に決着なり見通しがつけられれば、そのほうがスッキリする。

「それなら先週のゴルフのお返しに、今夜はわたしがご馳走させていただきます。西海市に帰ってからでは大変ですから、これからN市内のホテルでいかがでしょう」

「いやいや、頭取にご馳走になったんじゃ、かえって申し訳ありません。ぜひ亀遊閣でわしに持たせてください」

「それでは困ります。次回、またご馳走になります。今回はぜひともわたしのわがままを聞いてください」

久慈が強く主張すると、黒川は呆気《あっけ》ないくらい素直に応じた。

「先週はいろいろとお世話になりました」

ホテルのレストランで向かい合って、ウイスキーの水割りと、簡単なおつまみをオーダーしてから、久慈は周囲に視線を投げ、テーブルに両手をついて頭を下げた。

「なんですか頭取、手を上げてください。そんなつもりで誘うたとやなかと。わしの方こそご迷惑をおかけしたとですけん、もうそれはなかった話にしましょうよ」

「いや。黒川さんがご一緒だったから、不幸中の幸いだった。黒川さんとは酒井頭取の時代からの、長いお付き合いですし、それでわたしも気を許してご同行したのです。どうか、そのへんのところをお汲み取りいただきますように」

「わかっとります。わしは西海銀行とは、酒井さんの前の、東田さんの選挙のときからのお付き合いです。あの選挙で酒井さんとのご縁ができて、それからずっと酒井さんに後押しをしていただいて、事業を広げてきたのですから」

黒川はいかに自分が、西海銀行の有力な取引先であったかを、念を押すように話した。

二人ともウイスキーの水割りには、ほとんど口をつけていなかった。

「よくわかっているつもりです」

「酒井さんは、地銀の大きな役目は、地元企業の育成にあるて言うて、当時はかなり無理難題と思えるようなことも、快《こころよ》く聞き入れてくださいました」

「酒井さんの基本理念は、わたしも受け継いでいるつもりです」

「そこで、ちょっとお願いがあるとです。頭取、呉を応援してくださらんですか。頭取はすこし誤解しておられるんです。ああみえても呉はよか男ですよ」

——来たな。

久慈は内心でうなずき、それから言葉を慎重に選んで言った。

「呉リゾートさんとは、わたしがNの支店長の頃、ずっと取引をさせていただきましたので、よくわかっているつもりです」

「呉によると、最近の西海銀行は冷たかちゅう話ですバイ」

「そうですか。申し訳ありません。ただバブルが弾《はじ》けて以来、MOFの通達もあって、わたしどもも貸し出しには慎重にならざるをえなくなったんです。そのへんが呉さんの印象を悪くしている原因かも知れません」

「しかし酒井さんも言われたように、地元企業あっての地銀だと思います」

「もちろんです。地元企業と共存共栄が大原則です。しかし黒川さん、日本経済が右肩上がりのときは、多少無理なことでも期待に応えられた。酒井、猪口の時代には、将来有望と判断すれば、頭取の一存で融資することも可能だったんです。ですがいまやこんな時代ですから、西海銀行も組織で動くようになりました。そこらへんをご理解いただきたいのです」

「それはわかります。だからと言うて杓子定規《しゃくしじょうぎ》でやっとったら、西海市あたりの中小企業は、どこも西海銀行からは、融資が受けられなくなると思います」

「いずれにしても、黒川さんのお話ですので呉さんの件は営業担当の藤井専務に、きちんと伝えておきます」

「ぜひよろしくお願いします」

久慈の言葉を受けて、黒川が念を押すように頭を下げる。要するに、頭取としての言質《げんち》を、黒川は欲しかったのである。

その言質を与えた。

そのことの良《よ》し悪《あ》しとは別に、これで壱岐での一件を不問にしてもらいたい。不問にしてくれるだろうと思ったとたん、久慈はフッと息をつき、肩にのしかかっていた重しが一つ、外れたような気になって腰を浮かした。

レジで支払いを済ませた久慈が、軽く黒川に一礼して出ていく。その後ろ姿を見送りながら、黒川は黒川で、これで難題だった久慈との関係が好転するという安堵感《あんどかん》と、写真を撮ったことに、ちょっぴり悔恨の入り交じった複雑な感慨を抱いた。

やはり写真を撮る必要はなかった。

黒川は藤井専務に伝えておくといった久慈の言葉を、一刻も早く教えてやろうと、呉の事務所を携帯電話で呼び出した。

しかし事務所に残っていた社員が、呉社長はいないと伝えた。行き先を聞くと香港へ帰国中だということである。意気込んで電話を入れただけに、黒川は白けた気分になったが、気を取り直すように、グラスに残っていたウイスキーを飲み干した。

端午《たんご》の節句が過ぎ、家並みのあちこちで翻《ひるがえ》っていた鯉幟《こいのぼり》が姿を消すと、西海市は新緑一色の初夏らしい装いに変わる。

平成五年五月中旬の日曜日。

落合信博は久し振りに朝寝坊を愉《たの》しみ、起きたのは午前九時。

遅い朝食をとり、サンダル履きで三十分ほど、自宅の周りを散歩してから二階の書斎へ入ると、室内の窓を全部開け放って、趣味のクラシックレコードの整理をはじめた。書斎といっても、建坪三十坪余りの小さな建売住宅では、それほど広いスペースが確保できるわけではない。

ただ、かつて子供部屋だった二階の一間を、娘が大阪の大学に進学したため、娘の荷物を整理して、日曜大工の店で買ってきたレコード・キャビネットを自分で組み立て、書斎兼オーディオルームとして利用しているのだった。壁も音響効果のいいボードを、これも自分で取りつけた。

昨年五月、落合は秘書室長のまま、取締役の椅子をもらった。

職務は同じ秘書室長でも、取締役の肩書がつくのとつかないのとでは、その役割も責任もまったく違ってくる。第三者には格別変わったように見えなくても、すくなくとも落合自身の受け止め方は百八十度も違っていた。

そのプレッシャーもあったが、ここ半年間は、レコードの手入れをする余裕がなかった。落合にとっては半年振りというより、随分長い間忘れていた時間だった。

落合のクラシックレコード趣味は、キャリアが長く学生時代からのものである。一枚一枚キャビネットからレコードを取り出し、乾いた布で表面の埃《ほこり》を丹念に拭く。そのあとでその日の気分によって選んだ一枚をセットし、ときには魂を震わすような旋律に聞き入るのが、落合にとってはなによりも至福の一時であった。

オーディオセットはアルティック六〇四という、大型スピーカーを備えたマニア垂涎《すいぜん》の名器で、ボーナスが百万円を超えたとき、清水《きよみず》の舞台から飛び下りる気持ちで、思い切って買ったもの。それ以来CD全盛のいまでも、落合はレコード一辺倒《いっぺんとう》である。

開け放った東側の窓からは、若葉の香りを漂わせた薫風《くんぷう》が匂ってくる。

「あなた、お客さまですよ」

一脚しかないソファーで、七、八分もレコードを聴いたと思ったとき、階下から妻の呼ぶ声が響いた。

「あなたア、さっきから何度も呼んでいるのに、聞こえないの」

妻の声が幾分尖《とが》っていた。

無粋なやつめ。

せっかく愉しんでいるのにと、頰をふくらませて階下に降りていくと、すでに客は玄関脇の狭い四畳半の応接間に上がり込んで、妻が出したお茶を飲んでいた。

立石富雄。〈西海経済ジャーナル〉の社長兼営業部長で、同時に編集主幹兼記者。要するにタブロイド判の新聞を毎月一回発行し、取材、編集、そして広告取りと、すべて一人で切り盛りしている、記事の裁量は広告料や賛助金次第という、いわゆるブラックジャーナリストだった。

「立石さんじゃないか。久し振りですね。日曜日というのにまたなんですか」

総務部次長だった頃に、落合は総会屋、政治ゴロ、右翼、暴力団、ブラックジャーナリストを担当していたから、立石とは何度も顔を合わせていた。

「あ、落合重役。せっかくの日曜日で、おくつろぎのところをお邪魔して、申し訳ありませんねエ」

卑屈な笑いを浮かべた立石が、頭だけペコンと軽く下げた。顎《あご》が尖って頰に皺が立っていて、見るからに貧相な顔立ちである。

「きょうはちょっとのんびりしていたところです」

「済みませんね。日曜日だしご迷惑とは思ったんだけど、早めにお耳に入れておきたい情報を入手したものだから」

立石はもったいぶった言い方をした。

彼等が持ちこむ情報は、せいぜいライバル会社の派閥争いや、企業トップの女性絡みのトラブル程度である。

だからといって、この連中を無下《むげ》に扱うわけにはいかない。なにしろ中身のない情報を、さも価値があるように見せる能力、それを能力と言っていいのかどうかは疑問だったが、ともかくそうした才能には長《た》けていた。

「それはわざわざどうも。ただ立石さんの担当は総務部の南良三《りようぞう》課長のはずですが」

できることなら、この連中とは関わりたくない。落合はそういう意味も込めて、現在の総務部課長の名前を口にした。

「もちろん、南さんとはいつも顔を合わせていますよ。ただ今回の事件は南課長クラスじゃ手に余ると考えたんで、あえて落合重役のお宅を訪ねたんですよ」

「事件って、さっきは情報だと言ったじゃないですか」

初めから底は割れているんだから、そんなふうにもったいぶるのは、いいかげんにしてくれという含みで、落合が露骨に言った。

「だけどこれ、西海銀行の出方次第では、大事件に発展する可能性を秘めていると思うんだけどなあ……」

本気なのか、あるいは自分でも自信がないのか、立石が首をひねって言った。

「一体、なんなの」

「実はね、頭取のスキャンダルなんだけど」

「なんだって？」

脅しにしても緊迫感のない立石の言い方に落合は眉をしわめて聞き返した。

初めは不安があった。ところが、久慈頭取のスキャンダルだという。このところ行内では、ワンマンとしてかなり横暴さが目立つようになっているとはいえ、表面上は謹厳実直《きんげんじつちょく》で折り目正しい久慈頭取に、一体どんなスキャンダルが発生したというのか。

「スキャンダルって、よくわかりませんがね」

「もちろん女性スキャンダルですよ」

「まさか……」

酒井元頭取ならいざ知らず、久慈頭取に女性スキャンダルなど、起こりようはずがない。

落合が一蹴《いっしゅう》しようとすると、ニヤッと笑った立石が、いつになく気を持たせる顔で苛立《いらだ》つ落合を見返した。

「だけど証拠があるんですよ」

言いながら立石はショルダーバッグから、キャビネサイズの写真を二枚取り出し、応接用の小卓に並べた。

「これ……」

二枚の写真を一瞥、落合は今度こそ言葉を失った。

頭取、間違いなく久慈頭取である。それも若い女性と互いに素っ裸で絡み合っている、なまなましい写真だった。

「ね。大変な事件でしょう？」

「まさか……」

「わたしもまさかと思ったけどね」

落合はようやく我に返って、薄ら笑いを浮かべる立石に向き直った。

「これ、どこで入手したんですか」

落合は息を詰め、妻が応接室へ入ってこないかどうか、怯《おび》えたように入口のドアに視線を投げた。

「なに言ってるの落合さん、おれだって新聞屋のはしくれだからね、ニュースソースは簡単に言えないよ」

立石の呼び方は、落合重役からただの落合さん……に変わっていた。

「しかし、それ合成写真じゃないんでしょうね」

「ガセネタだって言うわけ？」

「いや、そういうわけじゃ……」

「そういうふうにだよ、わたしの情報を軽く見るんだったら、それで結構だよ。あとで笑い物になって後悔するのは、落合さんの方だからね」

「済みません。まだ信じられない思いなんですよ。じゃ、改めてお伺いしますが、この写真はどこで撮られたものでしょうか」

「知りたいでしょう」

立石がじらすように落合に言った。

「ぜひ。頼みます、教えてください」

「言っておくけど、人助けにブン屋をやってるわけじゃないよ」

「もちろんわかってます」

「おれが聞いたところでは、対馬とか壱岐とか、あるいは五島のどこかの温泉の出るホテルということだけど」

「対馬とか壱岐？」

「相手の女はブラジル人だってさ」

「え、ブラジル人……」

立石の口から、つぎつぎに意外な言葉が飛び出して、落合は鸚鵡《おうむ》返《がえ》しに聞き返すだけだった。

「おっぱいはこんなで、腰もウエストのくびれも一流品、とにかくぷりぷりしたいいタマらしいよ」

「どうしてブラジル人女性と頭取が……」

「なぜブラジルの女かと聞かれても、わからないな。頭取に聞いたらどう」

それができれば世話はない。落合は気を取り直してさらに聞いた。

「それじゃもう一つ、この写真だけど立石さん以外に、誰かの手に渡っている可能性がありますか」

「多分、おれがほかに出さない限り、いまのところは大丈夫。おれだって落合さんだから、つまり解決してくれる力のある人だと思うから、こうやって持ってきたんだよ」

立石が恩着せがましく言った。

「ありがとうございます。じゃ、わたしも立石さんだから、素直に申し上げます。情報料はきちんとお支払いしますので、その写真を売っていただけませんか」

落合が吐息で切り出した。最後は金……。このての連中のお目当ては金だった。

「あのね、情報料という名目だと、最近暴対法絡みで警察がうるさいのよ。どうでしょう。いま一年に一回ずつ出稿してもらっているうちの新聞の広告料を、向こう一年間、毎月一回二百万円に値上げしてくれませんか」

一年で十万円だった囲み広告を、一回二百万円で一年間、つまり合計二千四百万円出せと言う。足許をみるというのは、このことだと思いながらも、いま立石の機嫌を損ねるわけにはいかない。

「広告料の値上げとなると、わたしの一存では決められません。大至急担当部署と相談してご連絡します」

言いながら落合が、眼前の二枚の写真に手を伸ばすと、立石はスッと写真を引っ込め、ショルダーバッグに仕舞い込んだ。

「ダメダメ。写真はそっちが決定するまで渡せないよ」

「しかし現物がなければ、行内を説得するわけにはいきません」

「それは落合さんの力で、どうにでもなるんじゃないの。わたしにとっちゃこれは貴重なブツなんだから、銀行の出方を見て、どうするか決めさせてもらいます」

立石は蒼白い頬に小狡《こずる》そうな笑いを浮かべて帰っていった。

さて、どうしたものか。

落合の脳裏には、いましがたの二枚の写真がまだ鮮明に焼きついていた。

一枚は女性上位の騎乗位を横から撮ったもので、昇り詰める寸前……なのかどうか、久慈の歪《ゆが》んだ顔がはっきり写っていて、もう一枚はやはり女性上位だが、シックスナインの体位で、女性の膣口の真下に久慈が顔を埋めて写っていた。久慈の顔は半分隠れていたが、額から頭頂部にかけての禿げ具合は、明らかに久慈以外の誰の顔でもなかった。

まさかというより、まったく想像すらしていなかった事態である。

落合はいま目の前に、重大な踏み絵が置かれているのを感じた。このまま踏んでしまっていいものかどうか。踏み方が悪いと、とたんに自分のサラリーマン人生は変わってしまう。といって踏まなければ、将来事件が表面化したとき、秘書室長としてなんの対応もしなかった責任を問われ、それこそ致命傷《ちめいしょう》になりかねない。

落合は狭い書斎に上がって、レコードを片付けはじめたものの、これからどう対処すればいいのか、いつになっても考えがまとまらなかった。

5

朝からの汗ばむような陽気に、外出から戻った久慈は女性秘書に命じて、お絞《しぼ》りを二度も取り替えて、額と首筋を何度も拭《ぬぐ》った。

もちろんエアコンは効いているはずだったが、首筋や胸許にはりついた不快感が一向にとれず、まるで寝覚めの悪い夢を見た後のような感じである。

「おいお茶だ。お茶」

久慈が苛立って命じたとき、「頭取、よろしいでしょうか」と秘書室長の落合が、ドアの隙間から顔を覗かせた。

「なんだ」

「お忙しいところ恐縮ですが、頭取、ちょっとお話があります」

「うん」

「最近、頭取は壱岐へ行かれましたか」

壱岐と聞いて久慈はドキッとし、たちまち心臓が早鐘を打ちはじめる。

「壱岐がどうかしたのかね」

「温泉のあるホテル・壱岐に、お泊まりになりましたでしょうか」

「だから、それがどうしたと言うんだ」

久慈は再び苛立って言った。

落合は昨夜から一晩中、どうしたものかとずっと考えていた。しかし事実関係は当人しか知らないことだったから、本人に直接確かめるしかないと判断した。

落合は腹をくくり単刀直入に切り出した。

「お叱りを覚悟でおうかがいいたしますが、そのホテル・壱岐で、ブラジル人の女性と一夜をともにされましたか」

「ム……」

一瞬で久慈の色白な顔に動揺の色が走った。

「頭取どうなんですか」

「誰から聞いた。なぜ君がそんなことを知っているんだ」

「本当なんですね」

「だから、誰から聞いたんだ」

「頭取がブラジル人の女性と、ベッドで一緒の写真を持っている男が、昨日わたしの家に訪ねてきました」

「なにッ！」

久慈の眼がつり上がった。

「頭取もご存じと思いますが、西海経済ジャーナルの立石という男です」

落合は、昨日、立石が自宅に訪ねてきてからの経緯を、一通り説明した。

その間にも久慈の顔からは、みるみる血の気が引き、唇が小刻みに震えはじめた。そこには専制君主さながらの威厳に満ちた、普段の久慈の面影はなかった。

その姿を見て、落合は少し余裕を取り戻し、そしてちょっぴり失望した。

行内では酒井元頭取に代わる二代目〝天皇〟と呼ばれて、一方でN県の公安委員長と、それに西海商工会議所会頭を務める超実力者が、栗毛のブラジル人女性と一夜をともにしたというだけで、唇の震えが抑えきれないくらい、周章狼狽《しゅうしょうろうばい》するものなのか。

もちろん久慈の行為は褒められるものではない。だが、普段の自信に満ちた態度から考えると、ワナワナという感じで唇の震えが止まらないでいる久慈頭取の姿は、落合たち西海銀行の人間は見てはならないものであり、しかしそれを見てしまって、俄《にわか》には信じられず、さらに哀れに感じられた。

落合は総務部次長と、取締役になる前の秘書室長の時代に、海千山千のときには小指を詰めた強者《つわもの》さえ相手にしてきた。それだけに呆然《ぼうぜん》自失《じしつ》といった、落ち着きを失った久慈の様子に戸惑いすら覚えた。

ひょっとして久慈は、自分が考えているよりも小心者ではないのか。それとももっと純粋な気持ちの持主なのだろうか。

これが酒井であったなら、そんな話は「そっちでなんとかしろ」と部下を一喝して、それで済ませてしまうはずだった。しかし久慈にはそんな芸当はできない。そう考えると落合の気持ちに、先程よりもさらに余裕が生まれた。

「立石は広告料の大幅アップを交換条件に、二枚の写真を渡すと言っていますが、問題は立石だけで片がつくのかどうかです。関係者が増えてしまっていた場合、どのように対処いたしましょうか」

「このことは、ほかの誰かに話したか」

久慈は声も震えていた。

「いえ。誰にも」

「藤井は？」

「まだ話していません。ただ広告料のアップとなると、いずれ総務部とも相談しなければならないと思います」

「わかった。一両日待ってくれ。それまでは誰にも言うな」

「わかりました」

落合は一礼した。

頭を上げる瞬間に、サッと上目遣いに久慈を覗き見ると、久慈は虚《うつ》ろな視線を泳がせたまま、深い吐息で椅子に体を沈めた。

どうしたものか、どうしたらいいのか。

久慈は先程から体内の血が泡立つようで、いま自分はなにをどうすべきか、急いでなにかをしなければならないはずなのに、冷静に考えられない。ただその泡立つ感情のなかから、一つの核が生まれ、それは何度も攪拌《かくはん》されているうちに、しだいに大きな塊《かたまり》になっていった。

ハメられた——という思いである。

やがてそれはふつふつとした激しい怒りに変わった。騙《だま》したのは黒川と、もう一人は爬《は》虫《ちゅうるい》類を思わせる不気味な顔をした呉の二人である。

久慈は衝動的に受話器をとって、女性秘書に命じた。

「黒川観光の社長に話がある。大至急本人をつかまえてくれ」

受話器を置き、どう切り出すかを考えた。

しかし混乱した頭のなかは真っ白で、いい知恵が浮かぶはずもなかった。ほどなくしてデスクの電話のベルが鳴る。

女性秘書が、黒川が電話に出ていると伝え、外線に切り替わった。

「黒川ですが。頭取、お早うございます」

受話器の向こうで、聞き慣れた黒川の声がなにごともなかったように響く。

「ウン……」

「もしもし、黒川でございますが」

「あんたは酷《ひど》い人だ」

久慈は詰めた声で言った。

「え?」

「卑劣じゃないか。わたしをハメたな」

絞り出すような口調。

「頭取、待ってください。なんのことかようわかりません」

間延《まの》びした黒川の言葉に、久慈は脳の血管が五、六本、ブチブチと音を立てて切れたような気がした。

黒川はいきなり浴びせかけてきた、久慈頭取の言葉の意味が、よく理解できなかった。

最初西海銀行の秘書から、久慈頭取からだと言われたときは、先日依頼した、呉の会社への融資の件を承認するという連絡か、あるいはまた酒でも飲もうと誘ってきたのか、いずれにしても、これで久慈は完全に落ちたなと、黒川は北叟笑《ほくそえ》んだくらいである。

それがいきなり、卑劣だのハメたのと言う。

一体なにがあったのかと考えて、黒川はハッと思い当たった。

「頭取、ハメたとはどういうことですか」

それでも黒川は冷静さを装って聞いた。

「わたしの口からは言えませんよ。あなた十分ご存じなんでしょう」

「なんのことかようわかりません」

黒川は突っぱねた。

「本当にわからない?」

「はっきり言ってくれませんか。わたしがなにをしたのか。わたしは頭取と胸襟《きょうきん》を開いてお付き合いのできるごとなって、誰よりも喜んどるとです。そのわたしが、どうして頭取をハメなければいかんとですか」

黒川は久慈がひるんだのを感じて、一気にまくしたてた。

久慈の言葉が急に弱々しくなる。

「黒川さん。それじゃあなたのお友達なのかも知れませんが、わたしの壱岐での一件が、写真に撮られているというんです」

——やはり。

そうだったなと思った。

呉に違いない。しかしここでうっかり呉の仕業ですと言ってしまうと、写真撮影に自分が関与したことを、久慈に悟られかねなかった。

ここはシラを切り通すこと。それしかないと黒川は思った。

「写真を撮られていたって、それは？」

「銀の馬車の女と一緒の写真を。それをうちの幹部に持ち込んだ者がいる」

久慈は感情がこみ上げて、十分な言葉にならなかった。

「信じられません」

「黒川さんが知らないとすると、ブラジルの女と黒川さんの例の友達の二人しかいません。黒川さん、あの女は大丈夫なんですか」

「ああ、マリコはそんなことをする女じゃありません。マリコ自身頭取をおとうさんと言って、慕ったたやなかですか」

「だったら、黒川さんの友達しかいない」

呉の名前を口にするのもけがらわしいという、久慈の態度だった。

「わかりました。呉の同行を許したのはわたしですから、それが事実ならわたしの責任です。頭取。呉に会って事情を聞いてきます。今晩まで待ってください」

「自宅はまずい。明日一番に銀行のほうへ連絡をください」

久慈は最初に較べると、幾分冷静さを取り戻したようであった。

受話器を置いた黒川は、直ちにN市内の呉リゾート興業へ、西海市から車を走らせた。高速道路に入ると黒川は運転手にもっと飛ばすよう命じて、後部シートであれこれ思いを巡らした。真っ先に浮かんだのは、呉に裏切られたという思いである。

あれほど軽率に行動するなと念を押したのに、なぜバカなことをしたのだろうかと、悔やまれてならない。

多分、呉はネガと写真を黒川の許へ持参する際に、何枚かを抜き取ったのだろう。撮影直後にカメラごと、フィルムを取り上げてしまえばよかったのである。しかし逆に言えば自分は、そこまで呉を信用していたということだった。

その呉に裏切られた……。

考えれば考えるほど、黒川は腹が立って仕方なかった。

第四章　火遊び料

1

どうしたらいい、一体どうなるんだと、黒川は、高速道路を疾走する車のシートで、同じつぶやきを繰り返していた。騒ぎを大きくするよりも、西海銀行と久慈《くじ》頭取から、自分たちだけ特別扱いをしてもらえるように、穏やかに持ちかけるべきなのである。

事を大袈裟に広げてしまったら、誰の利益にもならなくなる。それくらいの理屈がどうしてわからないのか。

毎日の金繰《かねぐ》りに追いかけられていると、その程度の冷静な判断力も、なくなってしまうのかも知れない。しかし子ども相手ではないのだから、手とり足とりで計画の詳細を説明しなければならないようなら、これから先の仕事では組めないなと思った。

N市に着いて、呉《ご》リゾート興業前の路上に車を停止させると、黒川は運転手が降りてくるのを待たず、自分でドアを開けて舗道に足を突いた。

頭上からカッと照りつける初夏の陽射しが目に眩《まぶ》しい。

黒川は建物の中へ小走りに入ると、エレベーターで三階へ。社長室と書かれたドアをノックもせず、いきなり押し開けた。

ちょうど室の中では呉と木下が、背中を丸めて話し込んでいた。

連絡もなしに、形相《ぎょうそう》を変えて入ってきた黒川に、呉が驚いて立ち上がった。つられて向こう向きの木下も振り返る。

「大将、冷たいじゃないですか。わたし一人カヤの外やなんて……。なぜ仲間に入れてくれなかったんですか」

無言で、のっぺりした顔の呉を睨みつける黒川に、最初に口を開いたのは木下だった。

黒川は木下を無視して呉に聞いた。

「お前、写真をわしのところに持ってくる前に、何枚か抜いただろう」

「え、ええ。二、三枚……」

呉がちょっと突っかえながら答える。

「その写真を、誰に渡した」

黒川は詰問調《きつもんちょう》で迫った。

「もうオヤジさんの耳に入ったんですか」

「なにを言ってるんだ。ぶち壊しだぞ。あの写真を西海銀行の幹部に持ち込んだヤツがいるって、さっき久慈頭取から電話があったんだ。誰のところに持っていかせたんだ。藤井か、それとも落合か」

「いや。わたしじゃないですよ」

「じゃお前か」

黒川は木下に首を回して睨みつけた。

「わたしはたったいま、呉さんから話を聞いたばかりです。事前に知っていたら、わたしだって黙っていませんでしたよ」

「なら一体誰なんだ。お前以外に写真を持っとるヤツはおらんぞ」

「わたしじゃありません」

「呉、いい加減にしろ！　おれを嘗《な》めるとただじゃおかんぞ」

黒川は室の外に響くような声で一喝した。その迫力にさすがの呉も顔色を変えた。黒川がその背後に、暴力団ややくざ組織と深いつながりを持っていることは、呉や木下が一番よく知っていた。

「済みません、オヤジさん。ある人間に渡しました」

「なんでそんなことを……」

「いや。ですから何日待っても、オヤジさんから一言も連絡が入らないものだから、直接乗り込んでいく前にちょっと脅してやろうと思ったんです。打診っていうか……」

「バカ。やっと話がうまく行きかけているときに、なんということをしてくれたんだ」

「そりゃ、オヤジさんは余裕があるからいいでしょうけど、木《き》のやんとおれのとこは手形の期限も迫っているしネ。悠長なことを言っている状態じゃないんですよ」

呉と木下が、会社の運転資金に窮していることは、黒川もわかっていた。だからこそ黒川は、先日、県公安委員会の帰途、酒を飲みながら久慈の言質をとって、その場で呉に知らせてやろうとして、受話器を取ったのだった。

「数日前に、わしはちゃんと連絡を入れたんだ。しかし呉、お前は香港に帰っていて、おらんかったやなかろうが」

「香港へは金策に帰っていたんですよ」

「なら、日本へ戻ってきてから、どうして真っ先にわしに連絡を入れなかったんだ」

「連絡は二、三度入れたんですが」

呉は口籠もるように言った。だが連絡があればたとえ留守でも、必ず秘書が黒川に伝えるはずである。呉が嘘をついていることは明白だった。しかし、いまさらそのことを責めたところで、どうなるものでもない。

「写真を誰に渡したって」

「西海経済ジャーナルの立石です」

「あの小悪党に渡したのか」

黒川は厄介《やっかい》なことになったと思った。

確か背の低い立石の背後には、関西系の暴力団がついているはずであった。背景の威力なしではN県のような九州の〝田舎〟でも、マスコミ商売をしていくのは難しい。

ただこれが地元の暴力団相手なら、まだ黒川の昔のよしみでなんとでもなる。しかし黒川がかつて海軍崩れのヤミ屋時代に、一宿一飯の世話になった組織の流れをくむ地元暴力団と、関西系の暴力団とは、互いに勢力の拡張にしのぎを削っていて、ここ数年N市内でも、何度か抗争を繰り返している間柄だった。

「お前が立石と付き合っているとは知らなかった。しかしよくも裏切ってくれたな」

「この通りです。謝ります。手形の期限も迫っていたし、それで飛行機の中でどうしようもなかったんですよ」

「いいか。お前は県の公安委員長を敵に回したとぞ。公安委員長が警察のボスだということは、お前も知らんわけじゃないだろう。お前がしたことは犯罪だ。とにかく今度妙なことをしたら、警察も動くはずだし、その前に、まずわしが許さん！」

都合のいいときだけ、勝手に混ぜる九州弁で、黒川は再び視線を呉に投げつけ、リゾート興業の社長室を後にした。

とんぼ返りで西海市へ引き返した黒川は、車を駅前の西海銀行に走らせた。

「頭取は、いまおらしゃると？」

電話でアポをとって行ったのでは、面会を断られてしまうと思った黒川は、直接受付で久慈在室を確認して、そのままエレベーターで最上階に上がった。

ノックを一度だけして、ドアを開ける。

頭取室には久慈が一人でいた。

「申し訳ありまっせん。この通りです、頭取」

室に入ると黒川は二、三歩進み出て、いきなりその場に跪《ひざまず》き、絨毯《じゅうたん》に額をこすりつけて土下座《どげざ》した。

「ちょっと黒川さん、そんな真似やめてください」

慌《あわ》てて久慈がデスクを回り込み、黒川の肩を叩いて応接用のソファーに導いた。

外国製革張りのソファーに腰を下ろして、両手を揃えなおも頭を下げようとする黒川に、久慈は秘書室に通じるドアを顎でしゃくった。秘書が入ってきたときに、異様な光景を目にしたら困るという合図である。

「ともかく、この通りお詫びいたします」

「やはり呉さんでしたか」

「呉のバカが、銀行の反応を探るため、西海経済ジャーナルの立石という男に、写真を渡したと白状しました」

「じゃわたしは、やっぱり壱岐で写真を撮られていたんですね」

「本当に申し訳ないことをしました。わたしはまったく気づかなかったのです」

「だから呉さんという人は、油断できないという気がしていたんです。しかし黒川さんが安心しろと言うものだから……」

「頭取にこんなご迷惑をおかけするとは、夢にも思いませんでした。黒川甲子三《きねぞう》、一生の不覚です。ただ頭取、呉にはこれ以上妙なことをしたら、そのときは承知しないぞと強く釘を刺しておきました」

「そうですか……」

「それから西海経済ジャーナルの立石ですが、こいつはわたしのほうで必ず収拾します。申し訳ありませんが、二、三日、時間をいただけませんでしょうか」

「立石という男は、広告料のアップを要求してきたそうです。問題は写真が、立石のところで止まるかどうかですけどね」

「至急、立石に会って話をつけます。幸か不幸か、わたしにはその筋の知り合いもいますので、なんとしても抑えるつもりです」

「黒川さん、この件はわたしにとっては、困ったスキャンダルですが、あなたたちにとっては犯罪ですよ」

「むろんそのことも、呉によく言っておきました。まったくバカなことをしたものです。

いずれにせよこれから先、コトが公にならないよう最大限の努力をします。ぜひわたしにまかせてください」

「………」

「早速立石のところへ出向きます」

久慈が黙り込んだのをみて、黒川は一礼すると、早々に頭取室を後にした。


「なにか動きがございましたか」

久慈に呼ばれて、落合は頭取室のソファーに腰を下ろすなり聞いた。

「さっき黒川が来た」

今朝は一両日待てと、落合に言っていた久慈である。

「………」

「君には言っていなかったが、じつはあの写真は黒川と呉の三人で、壱岐へ泊まりがけでゴルフに行った夜、こっそり呉に撮られたものらしい」

久慈は今朝よりもかなり落ち着いて、冷静になっていた。

「じゃ、ブラジル人の女性というのは、黒川のキャバレーのホステスですね」

「きみも一緒に行った、中華料理の鳳凰でわたしの隣に座った女だ。ゴルフもその席で誘われた」

島田町の総合病院で妻の良子が事故に巻きこまれかけた件で、犯人調査を中断してもらう代償だったと、そこまでは久慈も言わなかった。

「すると今回のことは、黒川が仕組んだんじゃないですか」

「黒川は自分が知らない間に、呉が写真を撮ったと言っていた」

「しかし、卑劣なヤツですね」

「黒川が問い詰めたら、呉が立石に写真を渡したと白状したそうだ。それで黒川は呉を壱岐に同行させた自分に責任があるから、立石の処理は自分にまかせて欲しいと言って、帰っていった」

久慈は黒川との会話を、かいつまんで説明した。

「まかせるとおっしゃったのですか」

落合が恐い顔で久慈に聞いた。

「いや。まかせるともまかせないとも、わたしはなにも言わなかった」

「だったら黒川にまかせるのは、断ったほうがいいと思います」

「どうしてだ」

「鳳凰で頭取を壱岐にお誘いしたのは、黒川だったのでしょう」

「うん。黒川に誘われて出かけたら、途中のフェリーのなかで、呉が先回りして待っていると告げられた。考えてみればそのときからおかしかったんだ」

「それならなおさらです。黒川が自分は関与していないと言っても、そんなこと信じられません。第一に黒川と呉は親分子分と似た関係ですよ。子分に人殺しを命じておいて、親分がおれは関与していなかったというやり方は、ヤクザの世界ではよくあるじゃないですか」

「じゃ、君は、呉と黒川は初めからつるんでいたと見るんだな」

「そう考えるほうが自然でしょう。両方ともこのところ融資を締められて、悲鳴を上げていた。利害が一致しています」

「………」

久慈は口を尖らせていた。

「それとももう一つ、立石の背後にいるのは衛藤組《えとうぐみ》で、これは関西に本部を置く広域指定暴力団、豊島組《としまぐみ》の系列です。一方の黒川が親しくしているのは、地元暴力団の城田総業《しろたそうぎょう》で、この二つの組織は最近も発砲事件を起こし、抗争を繰り返しています。となると黒川が乗り出していったらかえって問題がこじれるはずなんです」

「そうか……」

「ここで黒川に借りを作ると、今後が面倒です。酒井さん時代のつながりを解消するために、この二、三年頭取が一番ご苦労なさったはずです。ここで黒川の力を借りると、せっかく切れかけた関係が復活し、元の木阿弥になりかねません」

落合はいま自分が、踏み絵を確実に踏んでいるのを感じた。ここでしっかりと踏むものは踏んで、頭取に貸しを作っておくこと。そうすれば間違いなく、将来が開けてくるという計算である。

「じゃ、どうすればいいんだ」

「わたしに考えがあるのですが」

「どういう？」

久慈は虚勢を張るように、落合を見下ろして聞いた。

「暴力団というのは、親分子分の関係で動いていますから、立石を抑えようと思えば、親分を動かすのが一番じゃないでしょうか」

「なにを言ってるんだ。かりにもわたしは県公安委員会の委員長だぞ。わたしがもし衛籐組に働きかけたとなったら、それこそ大問題になる」

「頭取が衛籐組に、直接働きかけるのではありません。豊島組を通じて衛籐組と立石を説得してもらうのです。当行の顧問でもある公認会計士の大和田寛一先生に相談してみたら、いかがでしょうか」

「大和田先生か」

「頭取もご存じのように、大和田先生は大阪に事務所を構え、豊島組傘下《さんか》の幾つかの会社の顧問をしていらっしゃいますので、そのルートから工作するのが、一番いいような気がします」

「確かに、その線はあるな」

落合の説明に久慈が小さくうなずいた。

「なんでしたらわたしが明日、大阪へ出向いて大和田先生に相談して参ります」

「君が行ってくれるか。それならわたしとしても一番安心できる」

「明日中に帰れるように、一番で行ってきます」

「頼むよ」

久慈は大きく開いた膝に両手を突き、しおらしく頭を下げた。

翌朝落合は、JR線西海中央駅午前七時十分発のみどり二号に乗り込む。途中、博多駅でのぞみ十二号に乗り継ぎ、新大阪に到着したのは、正午前の十一時五十二分だった。新大阪から大和田事務所のある北浜《きたはま》へは、地下鉄御堂筋《みどうすじ》線で淀屋橋《よどやばし》駅まで行き、あとは徒歩で五、六分もあれば着く。

地下鉄から地上に出ると、御堂筋の銀杏《いちょう》並木を吹き抜ける初夏の風が心地よかった。

大和田事務所には、午後一時に訪問する予定で、昨日のうちに連絡を入れておいた。腕時計を見ると十二時三十分。約束の時間にはまだ三十分もあった。

落合は歩きながら、目に止まった立ち食い蕎麦屋《そばや》に寄った。蕎麦は注文して三分で目の前に出てきて、五分で食べ終わった。単に胃の腑《ふ》を満たすだけの味気ない食事である。それでも食べ終わって外に出ると、首筋から汗が噴き出した。

大和田事務所へはすぐに着いた。

ペンシルビルと呼ばれる細長い十階建てビルの壁面に、いくつかのテナントの看板が掛かっていて、八階が大和田寛一公認会計士事務所だった。

ビルに入ると、時代物のエレベーターが一基あるだけ。一フロアを一つのオフィスで専有し、八階以外のフロアも、弁護士事務所や歯科医院など、たいしてスペースをとらない個人事業主が入居していた。

「お久し振りでんな。西海の方の景気はどないでっか。大阪はどないもこないも、もうさっぱりでんねン」

大和田と会うのはこれが三度目である。前回会ったのは、落合が総務部次長の頃だから、かれこれ六、七年前になる。多分、それが大和田の性格なのだろうが、そのときも初対面とは思えないほど如才《じょさい》がなかった。

大和田寛一はN県出身。確か七十歳になるはずだったが、歳の割りに若作りで、ちょっと眼には俳優のような雰囲気をたたえている。それがいきなり「もうかりまっか」と笑いかける。その雰囲気に似ないいくだけた口調が、人気の秘密かも知れなかった。

肩書は公認会計士だったが、日本一といわれるやくざ集団、豊島組系企業の顧問をしているだけあって、会社経理だけではなく、その筋のカオも含めた綜合コンサルタントとして知られ、暴力団とのトラブルを抱えている人、あるいは黒服の紳士たちがオフィスに頻《ひん》繁《ぱん》に出入りして、門前市《もんぜんいち》をなしていると言われていた。

ただそんな大和田も豊島組との関係で、最近は警察にマークされているらしいという噂もあった。落合が訪ねたのは、そういった大和田のもろもろの力を頼りにしてのことだった。ただその日は落合以外に客はいない。

落合は緊張して挨拶をした。

「先生には、いつも大変お世話になっております。今回もまた先生のお力添えを頂戴《ちょうだい》に参りました」

落合は両手が膝につくくらい、深く頭を下げた。

「いやいや。そないな堅苦しい挨拶はせんと、早速、用件に入りましょうか。お互い貧乏暇なしですからな。で、どないしはったん?」

促されて落合は、これまでの経緯《けいい》をかいつまんで説明した。

「すると、頭取はんが女性スキャンダルに巻き込まれて、そのブラックジャーナリストとかいう男に、脅されとるいうわけでっか」

「はい。業界紙の立石という男なんですが、立石の要求自体は、事件の性格から言って止むを得ないというか、当行でなんとか処理できる金額なのです。ただ立石のバックに、豊島組系の衛籐組が控えていまして、もし、そちらのほうに問題の写真が流出したら、面倒なことになると思ったものですから、コトが公になる前に、ぜひ先生のお知恵を拝借したいと参上した次第です」

「ほな、あんさんとこは立石の要求通り、お金を出しはるんでっか」

「コトがコトですので、内密に処理できれば、それに越したことはないと考えています」

「感心しまへんな」

　落合の言葉に、大和田は眉をしかめた。

「いけませんか」

「よろしか。チンピラいうんは、弱みを見せたら幾らでも食いつきよりまっせ。最初は二十万円とか四十万円と小さくても、そのうち四十万円が八十万円、百万円と、どんどんエスカレートする」

「はい」

「しかもタチの悪いことに、小物には小物同士のチンピラネットワークがあってやな、次から次に同じネタでタカリにきよる。そやからチンピラいうねん。そらあんさん甘い、甘いがな」

「実はわたしどもが一番懸念《けねん》しているのも、そのことなんです」

「今回の事件は、なにがなんでも表に出さんよう、上手《じょうず》に処理せんとあかんな」

「先生のお力で、なんとかなりませんでしょうか」

落合は懇願する口調で訊《たず》ねた。

「…………」

だが急に考え込んだ大和田は、返事をしない。

「先生、どうなんでしょうか」

重ねて落合に促され、大和田はやっと風船のように丸い顔を上げた。

「この事件は、基本的に弁護士の仕事ですさかい、公認会計士のわしは、下手《へた》に出ていかん方がいい思うんです」

「しかし先生……」

「いや心配おまへん。ええ人間がおりますさかい、そいつを紹介しまひょ」

「その人は大丈夫なのでしょうか」

「なにが？」

「ですから、あまり多くの人に知られては、困る案件ですので」

「じゃ、お宅の方で処理しますか。それならそれで、別にわし構いまへんで」

大和田は急にヘソを曲げたような口振りになった。

「ちょっと待ってください」

落合はあわてて頭を下げる。ここで大和田に突き放されたら万事休《ばんじきゅう》すだった。

「わしが紹介しようと考えているのは、新見《にいみ》和義いう男でしてな、九州の事情に特に明るくて、ここらの食い詰め者もよう知っとる人間です。わしも頼りになる片腕として、いろいろ頼んだりしているから安心ですよ」

「そういう方であれば、ぜひよろしくお願いします」

「やくざもんは、いわば心の病んだ人間の集まりです。人間の体かて病気になったら、治すツボちゅうもんがおますやろ。やくざの社会も同じですわ。押さえるツボを間違えたら、いくら強い力で押しても、問題は解決せえしまへん。それこそ大金をドブに捨てるようなもんや。金は生きた使い方をせなあかん。まあ、まかせときなはれ。わしがあんじょう処理してあげますさかい」

大和田はにっこり笑い、落合の左肩をポンポンと二つ叩いて立ち上がった。

2

西海市は南側に広がる内湾を底辺にして、北東から北西にかけて、扇形に開発された段丘状の住宅街が、急な斜面の山頂までつながっていた。

そのすり鉢の底に当たる部分が市の中心部で、夏ともなると、海水の輻射熱《ふくしゃねつ》がそこに集まり、おまけに夕刻には、内海特有の夕凪《ゆうなぎ》でピタリと風がやみ、息をするのも大儀なほどのむし暑さに襲われる。

五月二十日。つまり落合が大阪の大和田事務所を訪ねてから二日目の午後、大和田が言った新見和義が、単身で九州の西海銀行本店を訪ねてきた。

雲一つない五月晴《さつきば》れで、午後二時の気温は二十六度に達していた。

「暑い暑い。海に近い西海市もまったく暑いですな。東京のビル街と全然変わらない」

新見は応接室に入るなり、大袈裟にスーツの裾《すそ》をバタバタさせて、大きな声を上げて汗を拭いた。

「遠いところをご苦労さまです」

落合は名刺を交換して、改めて背の高い新見を見上げた。

なかなかのダンディというか、男前だなというのが第一印象である。身長は一七五センチ前後。中年太りの押し出しのいい体格で、眉毛が濃く、鼻筋も通っていた。

しかもアルマーニのダブルを着込み、ワイシャツとネクタイも一目でブランドものとわかる。ワイシャツの袖口には、エメラルドのカフスボタンが輝き、左手薬指には十八金の太いリングをはめていた。

一見して金をかけた装い……である。一体どんな素性の人間なのかと、落合は新見の名刺に目を落とした。

株式会社ニイミ

代表取締役　　新見　和義

名刺はゴシック体で刷られていた。裏を返すと東京都港区の本社と、福岡市博多区の福岡営業事務所の住所、それに電話番号が書いてあった。しかし結局どういう職業なのか、具体的なことはその名刺だけではよくわからなかった。

「わたしはね、この西海市は初めてじゃないんですよ」

戸惑う落合の心中を察したのか、ソファーに座った新見は、親しさを押しつけるように自分から口を開いた。

「すると以前に何度か、西海市にはいらしたことがあるんですね」

「そう。前に九州日報新聞の再建を手がけてね、そのときずっと来ていたんだ」

乱暴な口調である。

「九州日報新聞というと、確かオウム真理教で騒がれたところですね」

「オウム真理教が九州日報新聞のスポンサーになったんだが、結局新聞社は倒産して、それで大和田先生に何とかしてくれという話が舞い込んだのでね、わたしに回ってきたんです」

「そうだったんですか」

「このとき、自民党の坂井代議士や、大曾根《おおそね》元総理の秘書の嶋中君なんかとも知り合ってね。だから嶋中君はわたしが一声かけると、すぐに飛んでくるくらいなんだ」

新見は聞きもしないことをべらべらと喋《しゃべ》った。太字の名刺といい、言葉遣いが荒っぽく、友人知己だといって大物政治家の名前を持ち出すやり方といい、いかにも一癖も二癖もありそうなよくあるタイプだという印象である。

「坂井代議士とご昵懇《じっこん》というと、では佐賀県のご出身ですか」

「生まれたのは旧満州でね、父が職業軍人だったんです」

「じゃ、お生まれは昭和十五、六年?」

「十九年だけどね」

なんだ、おれより年下じゃないか。

落合はぞんざいな口をきく新見に、内心で危惧《きぐ》を感じたが、大和田の紹介だったから、頭取の久慈に引き合わさないわけにはいかない。

頭取室に案内した落合は、聞いたばかりの新見の経歴を、久慈に紹介した。

「そうですか。現在も九州日報新聞のお仕事を、していらっしゃるんですか」

久慈が新見を見上げて聞いた。

「九州日報は再建が軌道に乗ったものですから、いまは顧問として顔を出すだけで、本拠地は東京です。名刺の裏にある本社を拠点にして、コンサルタント業をやっています」

さすがに新見も、久慈に対しては丁寧な言葉で答える。

「もともとコンサルタントなのですか」

久慈は生真面目《きまじめ》な口調で聞いた。

「いや。本業は宝石商です。だけどこういうご時世でしょう。いろいろと問題を抱えている会社が多くてね。だからといって、わざわざ警察に持ちこむような内容でもなく、なんとか内密に処理してもらえないかと、そういう話があちこちから舞い込むんです」

新見の言葉に、久慈は一瞬不快そうに口許を歪《ゆが》めた。

「するとこういうケースは多いんですね」

「あ、いや。こちらの銀行のことを言ったんじゃないですよ。大和田先生から詳しく聞きましたが、頭取の事件はむしろ簡単なケースです。単なるチンピラの脅しですからね。しかし今回のケースでは、直接チンピラたちと交渉してもダメなんです。連中は甘い顔をするとどんどん付け入ってくる。背後に控える大物と話をつけなきゃいけません」

「いろいろとご面倒でしょうが、何卒《なにとぞ》よろしくお願いします」

もういいと言いたげに、久慈が軽く頭を下げたが、なおも新見はつづけた。

「今回は大和田先生からのご依頼ですが、政治家から持ち込まれる事件は、もっと面倒なものばかりです。大曾根先生なんかいつも嶋中秘書を通じて、弁護士も敬遠するような案件を持ち込んでくる。大和田先生の指示で、それ全部わたしが処理しているんですよ。大丈夫です。まあ大船に乗ったつもりで任せてください」

新見はそれが癖なのか、上体を反り返らせてぶ厚い胸をポンと叩いて、あっという間に踵《きびす》を返した。

「おい、大丈夫なのか」

落合が一階まで降りて、新見を見送って頭取室へ戻ると、久慈は待っていたように不安げな顔で聞いた。

「大丈夫かとおっしゃいますと？」

「だってあれ、リゾート屋の呉とそっくりじゃないか。大物政治家だの秘書の誰それだのってだよ、有名人の名前を出して、コケ脅しの道具に使っている。いかにも自分は大物だといわんばかりに吹聴《ふいちょう》する。ああいうタイプの人間は、どうも信用がおけないな」

「しかし、大和田先生の紹介ですから」

わたしもやはり、そういう印象を抱きましたと言いたい言葉を飲み、落合は久慈に吐息で言った。

すでにルビコン河を渡ってしまった。いまさら引き返すことはできない。自分がここで久慈の懸念に同調したら、久慈の不安はさらに増幅され、収拾がつかなくなるかも知れないと、落合は思ったのだった。

3

「じゃ、なにか。西海銀行の久慈という頭取が、ブラジル人の女にのっかっているところを写真に撮られて、立石とかいうブラックジャーナリストにその写真で脅されて、おどおどしちゃっているわけだな」

新見の話を聞いて、兼山《かねやま》武夫は猫が獲物を取り押さえたときのように、舌嘗《したなめ》ずりせんばかりに甲高《かんだか》い声を上げて笑った。ここは福岡市博多区の外れにある豊島組系暴力団、兼山興業の本部である。

頭取の久慈に会い、西海銀行本店を出た新見は、すぐにタクシーをつかまえると博多の兼山興業事務所へ直行したのだった。

「立石は衛籐組の走り使いだそうだから、いわば身内みたいなものだけどね」

「しかしお前には、いつもそうやっておいしい話が飛び込んでくるなあ。さすがにイッチヨガミの新見と言われるだけのことはあるよ」

イッチョガミ……とは、一丁嚙む、一口乗せろということで、新見が仲間内で呼ばれているニックネームである。何にでも首を突っ込み、一を聞いて十の仕事をする調子のよさで、たちまち相手を丸め込んで商売にしてしまう。口八丁手八丁の新見の正体が、その言葉に端的に籠められていた。

「兄貴、それを言うなら先見の明があると言って欲しいな」

「ときに去年結婚した、元ミス・ユニバース日本代表のかあちゃんは元気か」

「なんでワイフの話なんかするのよ」

「だってよ、若い頃は一緒に宝石ブローカーをやってた仲なのに、いつの間にかお前は世《せ》田谷《たがや》の豪邸に住んでいて、しかもかあちゃんは美人の元ミス・ユニバースで、入ってくる仕事はおいしい話ばかりというんじゃ、ちょっと不公平じゃねえか。おれなんかいまだに九州のこんな田舎で、しがないヤクザ稼業なんだからな」

新見と兼山の出会いは二十年前にさかのぼる。二人はともに在日韓国人で、旧満州生まれを標榜《ひょうぼう》する新見も、実は佐賀県の出身。

新見は高校を中退したあと、幾つかの職業を渡り歩き、二十七歳のとき独立して宝石ブローカーになった。この頃に出会ったのが、当時豊島組系暴力団で、使い走りをさせられていた兼山である。

その後新見は東京へ進出したが、九州日報新聞の再建問題で、公認会計士大和田寛一の知遇《ちぐう》を得て、そのとき兼山興業の組長に出世していた兼山に、地元暴力団の処理を依頼、それを契機に再び親密な交際が復活したのだった。

以来新見は兼山興業をバックに、表の顔は宝石商と化粧品販売、裏の顔がスキャンダルもみ消し請負業であった。

「そんなことを言うなんて、兄貴らしくもないよ。おれは単なるスキャンダルもみ消しのコンサルタント。兄貴は大勢の子分を養い、一家を構える大親分に出世しているじゃないか。愚痴《ぐち》を言う暇があったら、今度のヤマをどう料理するか、じっくり考えてもらいたいな」

「コトは簡単だよ。まずおれが手下《てか》を使って西海銀行を攻める。頃合いを見計らって新見が金額を提示すればいいんじゃないか」

「どのくらい？」

「最低二本だろうな」

兼山は顎を上げ新見を見下ろしながら指を二本突き出した。

「二億だな。それで衛籐組の方はどうするんだい」

「向こうは向こうで、好きに泳がしておけばいいじゃないか。ひょっとしたら立石の独断でやっているちっぽけなお仕事かも知れねえしよ、もう少し様子を見てから、どうするか判断しても遅くはねえだろうな」

「こっちからヘタに話をつけに行ったりして、ヤブヘビにならないとも限らないというわけだね」

「別に衛籐組のみかじめを、横取りしようっていうことじゃないんだ。お互いにしのぎを削っているんだから、両方でいいように食っちゃえばいいんだよ」

「ま、いくら食ったって、簡単に金が底をつくような相手じゃないからね」

「天下の銀行さんだもの。金は掃《は》いて捨てるほど金庫の中に眠っているよ。他人《ひと》さまから預かった金がね」

「そりゃそうだ」

兼山の剽軽《ひょうきん》な言い方に、新見は大袈裟に笑った。

「それにしても、久慈っていう頭取さんも大変だよな。たかが女の問題じゃねえか。しかも一回だけっていうんだろう。プライバシーの侵害で訴えれば済むのにな」

「だけど久慈頭取ってのは、西海市では清廉潔白《せいれんけっぱく》な財界人として通っていて、県の公安委員長もつとめているらしいんだ」

「いいカモさ。県の公安委員長なら、なおさら名誉とかおのれの品格を守ろうとするだろうしな。それがこっちの付け目ってわけだ。相手にとって不足はねえや。銀行内で天皇だか殿さまだか知らねえけどよ、おれたちにとっちゃ単なる金のなる木だからな。ニイ、大事に扱えよ」

兼山は新見のことをニイと呼ぶ。

「兄貴。まかせておいてくれよ」

新見はポンと胸を叩いた。

4

西海銀行頭取夫人……といっても、普通の専業主婦と変わりがなかったから、良子は土曜日の朝も、いつものように午前六時に起きて台所に立っていた。

土曜日は雨がひどかったりとか、自宅へ大事な来客の予定が入ったりしない限り、久慈は六時過ぎに起きて朝食をとり、七時前にお迎えの車が来てゴルフに出かける。それが頭取になってからのパターンで、良子はこの日もなにも言われていなかったから、当然久慈はそうするものと思っていた。

ところが久慈はなかなか降りてこない。

時計が六時二十分を回り味噌汁を温め直した良子は、二階の寝室に声をかけたものかどうか迷ったが、そのときになって久慈がようやく階段を降りてきた。

しかしパジャマ姿のままである。

「あら、きょうはゴルフに行かないんですか」

食卓のテーブルに腰を落として、まだ眠そうにしている久慈に聞いた。

結婚して四十年に近い。久慈は昔から手のかからない夫で、ゴルフに行くときは必ず、自分で着替えを済ませてから、ダイニングルームに現れる。

「うん。ちょっと調べ物があるんで、ゴルフは昨日のうちに断っておいた」

言いながら久慈は、薄く刻んだ生椎茸《なましいたけ》とアゲの入った味噌汁をすすった。

九州地方特有の甘味のある白味噌を使い、煮干しでダシをとって、生椎茸とアゲに、ときには大根やサトイモも薄く刻んで入れる具の多い味噌汁は、久慈の母親が生前によく作ってくれた好物だと聞き、結婚以来週に三度は、その味噌汁を出すようにしていた。

「ようやくお前の味噌汁も、おふくろの味に近づいてきたな」

そういって久慈が褒めてくれたのは、結婚して十四、五年経《た》ってからだったろうか。

ところがこの日は、味噌汁は全部すすったものの、あとは食欲が湧かないのか、鰺《あじ》の開きに一口、口をつけただけで、ご飯も半分ほど残して食事をやめてしまった。

「どこか具合が悪いんですか」

「いや。そんなことはない」

「だけど、顔色もあまりよくないわ」

「大丈夫だよ。ちょっと疲れているだけだ」

久慈は良子に首を振って、香《かおり》のいいお茶を口にした。しかしその笑いにも、今朝はどこかしら力がない。

「お仕事大変なんですか」

「だから、少し疲れているだけだって」

「そういえば昨日、上野さんという方からお電話がありましたよ」

「上野?」

久慈は眉をしわめ、首をひねった。

「銀行には上野という名前の方、いらっしゃらないでしょう」

「うん。知らないな……」

「銀行へかければいいのに、自宅へかけてきてわたしが主人は留守ですって答えると、返事もせずにそのまま電話を切って、すごく感じの悪い人でしたわ」

「用があれば、またかかってくるだろう」

言いながら久慈は、湯飲み茶碗を持って立ち上がった。

「それから……」

「まだ、なにかあるのか」

「午後になって三回も、無言電話があったんですよ」

「間違い電話じゃないのか」

「いいえ。わたしが受話器を取り上げると、なにも言わないでガチャンと切れるのよ。なんだか気持ち悪くって」

「ここのところ大蔵省の指導で、取引先への融資を絞っているからな。そのことに腹を立てた誰かが、嫌がらせをしているのかもしれない。あまりひどいようなら電話番号を変えることも考えるから」

久慈は早口で言って、書斎へ上がった。

上野とは一体誰だろう。

それに無言電話が三回だという。

パジャマ姿のまま、久慈は持ってきた飲みかけのお茶をすすり、何度も胸の中でつぶやいた。そんな子どもの喧嘩のような、いやがらせをしそうな相手は一人しかいない。

ブラックジャーナリストの立石。

立石が偽名を使って電話をかけてきたか、あるいは問題の写真が、立石以外の第三者にも渡ってしまったということなのか。

久慈は俄《にわか》に胃のあたりが、強く締めつけられる感じになった。

この問題が家庭に持ち込まれるのは困る。とくにあの写真が妻の良子の眼にふれることだけは、なんとしても避けたかった。

落合が、十一時過ぎに訪ねてきた。

建てたばかりの花郷町の久慈の家は、将来の長男との二世帯住宅を想定していたが、長男は家が完成すると同時に大阪転勤になり、同い年の嫁と孫娘を連れて、せっかくの家を出ていってしまった。

長女は十年ほど前に結婚し、N市内に住んでいる。

「総務部長がなんだって言うんだ」

久慈が口を尖らせて聞いた。もちろんパジャマは自宅での普段着に着替えていた。

「昨夜浅井君に会ってきました」

浅井勇一は西海銀行総務部次長。その浅井が昨日の夕方、人事部の室へ落合を訪ねてきて、いきなり「頭取になにかあったんですか」と聞いたのである。

「なにかって？……」

落合がとぼけて聞き返した。

「昨日と今日、わたしのところへ三人の男が訪ねてきたんです。総会屋と右翼、それに政治団体を名乗る男です。あと広報の小島室長の所へも、ブラックジャーナリストが二人来たそうです。小島室長から社内電話があって、一応、二人の名刺を預かってきましたけど」

言いながら浅井は、合計五枚の名刺をテーブルの上に並べた。いずれも一見してそれとわかる、肩書だけいかつい名刺である。落合は、その中の二、三枚を手に取って確かめながら、とぼけて聞き返した。

「どういうことなんだろう」

浅井の様子をうかがい、低く言った。

「受付の女性がわたしと広報室長のところへ、それぞれの来客を割り振ったと言っていますが、わたしが会った三人はいずれも、頭取の女性スキャンダルについて聞きたいと、言っていました」

「頭取の女性スキャンダル？……」

「最初はなんのことかわからなかったのですが、先程広報室長と話し合って、とりあえず落合部長にご相談するのが先決と考え、わたしがお伺いしたのです。部長はなにかお聞きになっていませんか」

「う、いや……」

落合は返事に窮した。

「ともかく一度、この件を頭取にお聞きしていただけませんか。わたしたちが聞くより、落合部長のほうが秘書室長が長いので、頭取のことをよくご存じだと思いますので」

「わかった」

「それから、今後もまたこの手の連中が訪ねてきましたら、窓口を一つにしたほうがいいと思います」

浅井はその窓口を、落合に引き受けて欲しいと言わんばかりの口調である。

「いいよ、わたしが引き受けましょう。今後はこの関係の来客はすべてわたしの方へ回すよう、受付にも指示しておいてくれませんか」

「落合部長に引き受けていただくと、わたしたちも助かります」

浅井は、五枚の名刺をテーブルに残したまま、人事部室を出て行った。

話の様子では、どうやら浅井次長は、頭取になにがあったのかという、かんじんな事実はまだキャッチしていないらしかった。しかし行内にこういう噂が広まるのは困る。念のため広報室長の小島はどうなのか、知っていることがありそうかどうか、一応打診をした上で「明日、自宅の方へ知らせにきてくれ」と、久慈が命じたのだった。

「どうして五人なのかです」

落合が低い声で久慈に言った。

「浅井のところへ三人と、小島には二人か」

「そうです。しかし五人とも漠然と、西海銀行頭取の女性スキャンダルという話をどこかで聞きこんで、とりあえずツバをつけておこうと、それでやってきたという感じですね」

「じゃまだ詳しいことはわかっていない？」

「立石がいつ写真をバラすかだと思います。立石を押さえないと、じくじくと滲《し》み出《だ》していくように思えます」

「新見は動いているんだろうな」

吐息でもつきたそうな落合の浮かぬ顔に、久慈が愚痴ともつかぬ口調で言った。

「わかりませんが、どう手を打とうとしているのか、方法があるのかどうか、しっかり確かめるべきでしょうね」

「ウン……。実は昨日、上野という男からここへ電話があったらしい。留守だと妻が答えると、返事もせずに切ったそうだ」

「上野?……ですか」

「心当たりのない名前だろう」

「知りませんね」

「それから午後に三回も、無言電話があったというんだ。妻が不安がっているものだから、銀行の仕事絡みの嫌がらせじゃないかと答えておいたが、なんであれ自宅に電話がかかってくるのは、困るんだよ」

「その点は、新見に早急に伝えます」

「頼むよ。妻に知られると問題だからな」

久慈は消え入りそうな声で頭を下げた。

落合は早く解決しなければと思う一方で、かつての自信に満ちた、どっしりした態度が消えて、悄然《しょうぜん》とうなだれる久慈の姿に、言いようのない寂しさを覚えた。

5

三日後の火曜日に新見がやっと、西海銀行本店に訪ねてきた。

「いろいろと妙な連中が押しかけてきて、正直困っています」

役員応接室のソファーで足を高く組んだ新見に、落合は顔をしかめて言った。

「妙な連中って誰です？」

言いながら新見はこれまでに久慈の女性スキャンダル絡みで、西海銀行を訪ねた連中の名刺を全部出すよう促した。

名刺は、昨日訪ねてきた者も含めると、合計十四枚になっていた。急に増えてしまった感じである。

落合が名刺の束を渡すと、新見はテーブルの上に広げて、一枚ずつチェックしてから頭を上げた。

「これは全部、質《たち》の悪いヤツばかりですネ」

言われて久慈と落合が、顔を見合わせる。

「ご存じなんですか」

「全員ではないけれども、十一人は名前に記憶があります。右翼団体や暴力団に所属しているハイエナみたいな連中で、どこでどうやってネタを仕入れるのか、会社のスキャンダルを嗅《か》ぎつけると、すぐに群がってくる連中ですよ」

「あとの三人はどうでしょう」

「長崎と福岡のブラックジャーナリストと政治ゴロみたいですから、おそらく立石絡みで動いているんでしょうね。ともかくわたしが消して歩くより速いスピードで、どんどん話が広がっていっています。どうしてこういうことになったのか、ちょっと信じられないくらいですね」

新見が眉間《みけん》に深く皺を刻みこんで、持て余し気味に言った。

「それでどうしたらこの人たちに、黙ってもらえるんでしょうか」

無言の久慈に代わって落合が聞いた。新見が吐息で顔を上げた。

「ストレートに申し上げていいですか」

「はっきり言ってください」

今度は久慈が観念して言う。

「こんなふうに三、四日間で、十四人も集まったとなると、個々に潰《つぶ》して回っていたのでは間にあわない。広がっていく方が速いんですからね。前にも話したように、これは相当の睨《にら》みのきく幹部に、話をつけなければならないでしょうね。となるとやはり二億円は必要になります」

突然の大金が新見の口から洩れた。

「二億円！」

ほとんど同時に久慈と落合がうなる。

「無理ですか」

「………」

「相手はこっちが銀行だと知って、仕掛けてきているんです。中途半端な金額では、かえって逆効果だと思いますね」

突き放すような新見の言い方だった。

「しかし、そうは言われましても、二億円という大金はなかなか……」

落合は久慈の顔を見て言った。

「引き受ける以上、わたしは何事もパーフェクトにやらないと、気が済まない人間でしてね。大和田先生も言っておられたけれども、今度の問題で一番肝心なのは、スキャンダルが外部に広がらないようにすることだと思うんです。対応が遅れれば、噂は一瀉千里《いっしゃせんり》に広がる。すでに十四人もの人間が、こうやって銀行を訪ねてきているのが、なによりの証拠です」

新見が能弁《のうべん》にまくし立てた。すると、それまで肩を落としていた久慈が、意を決したように鼻筋が通った顔を上げた。

「いいじゃないか。落合くんお願いしよう。新見さん、それでお願いします」

久慈が蒼白い顔で、新見にうなずきかけるように言った。

「そうですか。わたしに任せてください」

新見が胸を叩く。

「二億円は、どういうふうに用意すればいいんですか」

再び久慈が血の気のない顔で聞いた。

「当然現金です」

「現金で二億円用意するとなると、今日明日というわけにはいきません。少し時間をいただけませんか」

「どれくらいです？」

「二週間ぐらいはかかると思うんですが」

「え、半月も？」

「無理でしょうか」

「そりゃダメだ。いいですか。あっという間に十四人も、闇の世界の名士がですよ、こうやって殺到してきているんです。急速に噂が広がりつつある。先程も言ったように一日遅れればそれだけ処理が難しくなる。早いうちに手を打たなければなりません。それには金が一番です。ヤツらには金をぶつけて黙らせるしかないんだ。そういう相手にたいして、動くのはやめてくれ、黙っていてくれたら半月後に金を渡すから……というんじゃ、ちょっと通用しませんね。すべてはコレなんですから」

新見は親指と人差し指で丸を作って、久慈の前に突き出した。

「何日ぐらい待ってもらえますか」

命乞いでもするような久慈の歪んだ顔を、落合は正視できなかった。

「今日が火曜日だから、水、木、金で土日は休みでしょう。キャッシュだから月曜日は無理として、そう、最大限待ったとしても来週の火曜日までですね」

「じゃ一週間……」

「来週の火曜日に金が出るんなら、なんとか話をつけられるでしょう」

　久慈が唇を噛むように顔を伏せ、考えこんだ。落合はソファーから「断ってしまえ！」と叫びたい心境だった。しかし金を断ったらなにが起きてどうなるかである。その場合、久慈自身が、ラッシュのように繰り返されるマスコミの、いつものスキャンダル報道のやり方に、耐えきれないだろうなと思った。

「わかりました。なんとかします」

　え！　と落合が思わず顔を見たくらいきっぱりと、久慈が新見に答えた。

　二億円を払う。

　聞いていた落合が思わず息を止めたくらいだった。

　地方銀行とはいえ銀行は銀行である。その銀行頭取の久慈が払うと言う以上、どんな操作をしてでもそれは払うことであり、実際に支払うことは可能だった。トップ、つまり頭取はそれくらいの大きな権限を持っている。

「じゃ来週火曜日の朝十時。東京銀座の、東急ホテルにしたいんですがいいですか」

　東京の銀座――一瞬落合はどうしてだろうと思ったが、新見は「火曜日ですよ」と念を押して帰っていった。

「頭取。この件は一応副頭取にもお話ししておいた方が、いいと思いますが」

呆然《ぼうぜん》とソファーに座ったままの久慈に、落合が慰めるように言った。

西海銀行副頭取は、久慈が頭取になって以降、ずっと空席だったが、久慈が県の公安委員長や、西海商工会議所会頭など、地元の要職が増えたために、行内の業務は筆頭専務の藤井を副頭取に昇格させ、藤井を中心に運営していくように、先日の役員会で決めたばかりだった。

藤井は六月末の株主総会で、正式に副頭取に就任する手筈になっていた。

「藤井君に言えというのか」

「そのほうがよいと思います」

「しかしもうちょっと待ってくれ」

「二億円という金の問題もありますから」

落合としては、二億円の大金はなんらかの方法で銀行が捻出《ねんしゅつ》するものと思っていた。そうである以上、頭取の一存で決めてしまうと、後々問題になりかねない。裏金での処理をスムーズにするためにも、藤井の協力は必要だと、落合は考えたのだった。

「君が言わんとすることはわかる。しかし、銀行には迷惑をかけない。これはわたし個人の問題だから自分でなんとかするつもりなんだ。金のことは心配しなくてもいいよ」

「は?……」

落合は久慈の真意をはかりかね、眉をつり上げて久慈を見返した。

自分の問題は自分でなんとかする。

久慈は確かにそう言った。

さすがに久慈は酒井元頭取とは違って、公私のケジメをつける人間だと思う一方で、だったら二億円だと新見に言われた直後の、あの狼狽《ろうばい》した姿はなんだったのかと、落合は久慈の人間性がわからなくなった。

6

それにしても二億円。

一回の火遊び代が二億円だという。

なんとバカなことをしたのかと、久慈は事態の思わぬ展開に、いまさらながら重い悔恨《かいこん》を抱《いだ》いた。

しかし言われた二億円で銀行に迷惑をかけず、自分の名誉や家族の精神的な安寧《あんねい》が得られるのであれば、このケジメは責任のある自分が、きっちりとつけなければならないと、久慈は覚悟を決めた。

その夜久慈は、N市の西島建設社長の西島大治《たいじ》に会って、金策の相談をした。

「西島さん。折り入って頼みがあるんだが、ちょっとお金を……都合してもらえないだろうか」

「え！」

額の汗を拭きながら懸命に言う久慈の口調に、西島は驚いた。

「銀行とは関係のない問題で、二億円必要になったんです。二億円というような大きな金のことで、個人的に相談するとしたら、あなたしか思い浮かばないものだから、恥を忍んでご相談する次第だ」

「頭取からのお話とあれば、できる限りのことはいたしますが、しかし二億円というお金は、わたしにしても右から左というわけにはいきません。一体なににお使いになるのか、教えていただけませんか」

「騙《だま》されたのか自身の不注意か、ともかく人様に言えない話だが……」

久慈はこれまでの経緯を、黒川にたいする感情も含めて、西島に説明した。

「そういうことがあったのですか。それは完全に呉と黒川の二人にハメられましたね」

「壱岐のホテルでのことについて、わたしにはまったく身に覚えがないんだが、事実かどうかは別として、そういう場所に出向いたこと自体不注意だった。まったく男子一生の不覚というほかはない」

「呉リゾートの彼ならば、やりかねないと思いますね」

「あなたと以前、そういうことを話し合っていたのにこのザマだ。本当に恥ずかしい。ただね、わたしは呉が一緒にゴルフをするために、先に壱岐に行っていたとは、予想しなかったんですよ。しかしいまさらそんなことを後悔してもしょうがない。どうだろうか。相談に乗ってくれませんか」

「わかりました。方法をすこし考えさせてください」

「ところがあまり時間がないんだ。仲介に入った新見という男に、一週間の期限を切られている。これ以上いろいろな人間が出入りして、噂が広がると、わたしも銀行を辞めなければならなくなるのでね」

言って久慈はがっくりと首を折った。

「頭取にいま銀行を辞められると、わたしの事業も立ち行かなくなります。いいでしょう。何とかいたします」

西島が急に態度を変えて言った。

「引き受けてくれますか」

「ただわたしの会社も一応は株式会社で、個人経営ではありませんので、それなりの体裁を整えなければなりません」

「それはよくわかる」

「どうさせていただきましょうか」

「花郷町の自宅は土地が百二十坪で、ローンが残っているけど、担保に入れさせていただく」

「よろしいんですか」

「もちろんだよ」

久慈が西島に大きくうなずいた。

西島が考えた二億円調達法は、まず西島建設が西海銀行から二億円の融資を得て、その金はそっくり西島の叔父が経営する、九州建材という会社に貸しつけ、久慈は九州建材から自宅を担保に、二億円を借り入れるというものだった。

どこにでもある常套《じょうとう》的なやり方で、すぐネタ割れしてしまいそうだったが、久慈はこの程度かなと思った。

「ありがとう西島さん、本当に恩にきるよ。西島さんがいなかったら、わたしは天下に赤っ恥をさらすことになるところだった」

久慈はテーブルに両手をついて、大袈裟でもなんでもなく、本心から最敬礼をした。

「頭取、よしてください。どういうかたちであれ、わたし自身も頭取のお役に立てて嬉しいのですから。ただし……」

西島はそこで一息置いて久慈を見上げる。

「うん」

「今回の事件で、簡単に頭取を辞任しようなどと、思わないでいただきたいのです。わたしの方で頭取のお宅を担保にお預かりするのはあくまでも形式上の手続きだけのことで、頭取からお金を返していただこうなどと、思っていません。それよりも、頭取には一年でも長く頭取を続けていただきたいのです。そうすれば年に二千万円ずつ償却しても十年でゼロになります。そこのところをよろしくお願いします」

西島の言葉に、久慈は顎を引いてうなずきかえした。

西島は返す必要はないと言ったが、久慈は毎年少しずつでも返すつもりだった。それには西島も言うように、簡単に頭取を辞められない。できるだけ長く頭取の座に止《とど》まって、退職時の役員慰労金を多くもらわなければならないと、内心で言い聞かせたのだった。

平成五年六月一日。

久慈は西島とともに上京し、銀座東急ホテルのスイートルームで、背の高いがっしりした新見と会った。久慈の意向ということで、西島の立ち会いを新見に承知させていた。

久慈は二億円の現金が詰まった二個のアタッシェケースを開き、新見の前に提示する。

新見は封緘《ふうかん》をした百万円ずつの札束を、一千万円単位で数え終わってから、初めて顔を上げた。

「確かに二億円お預かりしました」

言いながらアタッシェケースを閉じた新見に、西島が念のためにと聞いた。

「どのような形で問題を処理していただけるのでしょうか」

「ああ、これからのことですね。いずれご紹介しますが、福岡に事務所を構える兼山興業の兼山武夫という人物がいます。この人は豊島組の大幹部でしてね、この人がすべて片付けてくれるよう手配済みです」

「これがマスコミにバレることはないんでしょうね」

「マスコミには絶対に洩れません」

「とおっしゃると?……」

「マスコミに洩れるということは、問題が公《おおやけ》になるわけで、そうなったら金で解決できません。そうでしょう。下手をすると恐喝《きょうかつ》でお縄になってしまいますからね。久慈頭取は、N県の公安委員長でもあるわけですから。恐いのは、まとまった金にならないとわかったときです。そうなると連中はいくらかにしようとして、マスコミにネタを売る。だから金になると思えば、ヤツらは絶対にネタを外部に洩らさないんです。だからこの金を使って連中を黙らせるわけですよ」

新見が、数え終わって蓋《ふた》をしたアタッシェケースを叩きながら、二人に笑いかけた。

「それでブラックジャーナリストの方はどうなりますか」

久慈はトラブルのきっかけを作った、立石を念頭に置きながら聞いた。

「ブラックは、あれはマスコミじゃないんです。単なるチンピラ。闇の世界の隅っこに巣くって、小銭を稼いでいるだけです」

「しかし……」

「わたしは短期間だが、九州日報新聞の社長をやった人間ですよ。ブラックの連中なんか簡単に黙らせて見せます。まあ任せといてください」

新見は強く顎を引いて言った。

しかし久慈にはなお不安が残った。

二億円の金は、誰と誰と誰に、いくらずつ支払われるのか。その合計額が果たして二億円になるのかどうか。銀行家というのはトータルを心配し、渡った先での使われ方にも、神経を使うものだった。

九州の西海市の事件処理に、なぜ東京のホテルなのか、九州で受け渡しをすれば、右から左にキャッシュで支払えるのにとも久慈は思った。

だが新見が約束した通り、二億円を渡した翌日から、女性スキャンダルをネタに、西海銀行を訪れる者はピタッと止まった。

久慈は久しぶりに、肩の重い荷が下りた解放感に浸った。すでに季節は梅雨入りを間近に控え、連日九州の上空を厚い雲が覆っていたが、そんな鬱陶《うっとう》しい天気すら、清々《すがすが》しく感じられたのだった。

第五章　ピラニア

1

この数日、久慈は何度もおかしな誘惑を感じ、どうしてもそれを実行してみたいと、本気で思った。

ホセ・マリコ・オオサキにもう一度会ってみたい。

果たしてマリコが半月ほど前までの、久慈が命を削る思いで苦悶してきた問題について、正確に認識していたかどうかわからない。わからないというよりもマリコは、自分がどんな大変な役回りを果たしてきたか、考えてみたこともないのではないか。

呉なのか、あるいは黒川が背後の指示者だったのか、久慈は結局二人はグルだったはずだと思うようになっていたが、彼等がマリコに、なんのために六十八歳の老人との、同衾《どうきん》場面を演技しなければならないのか、目的を説明して聞かせるなどということは、あり得ないはずだった。

だからマリコに会ったからといって、伏せられた事実が明らかになるということは、期待できないだろう。

仮に西海銀行からの融資引き出しが、彼等の目的であったにしても、結局久慈は呉にも黒川にも、融資を実行させられずにすんだのだったから、マリコには久慈との同衾場面の演技にたいする報酬も、支払われなかったかも知れないのである。

「ワタシ、ソンシチャッタよ」

そうつぶやいてマリコは、持ち前の陽気さで、〈銀の馬車〉の売れっ子ホステスとして、屈託のない笑いをふりまきながら、働いているに違いない。なにが起こりかけて、久慈が二億円もの大金をつくって、ヤクザ組織と話をつけたかなどということは、無関係な世界のできごとになってしまっているのだろうなと思った。

だがそれでもなお、久慈はマリコにもう一度会いたいと思った。

会ってどうするか。

〈銀の馬車〉の薄暗いボックスシートで、マリコと並んで座り、微笑を交わしながらビールのグラスを傾けあうだけでもいい。

しかしできれば一つのことについてだけ、本当のことを聞かせてもらいたい。その一つのことというのは、久慈にとって写真に撮られたあの場面のことは、酔いつぶれて完全に記憶の襞《ひだ》からけし飛んでしまっていたが、酔いつぶれていただけに、意識とは無関係に、ひょっとしてマリコへの挿入が可能だったのかどうか。

行為を達成させる完璧《かんぺき》な挿入など、望むべくもないことだと承知はしていた。

ただ男の性衝動に、〃意識〃は深く関わりを持っているはずなのである。久慈の年齢からいうと普段それは抑止に作用しているはずだった。「もういい」「終わった」と久慈は自分につぶやくことがあった。妻の良子も久慈の老化に文句など言うはずがない。

意識をなくして、抑止のタガが外れてしまったとき、久慈の老体に動物の本能の変化が起こり、ひょっとして勃起《ぼっき》現象が突発しないと、言いきれるかどうかである。

その点はマリコも、ハジメのウチハ、チョットね。デモダンダンダイジョーブにナッタよ。ウチもウレシュウナッテ、チャントイッタと……と言っていたではないか。加えて使用ずみの、中にスペルマのようなものが確かめられる、コンドームも見せられた。

半月前まで久慈は、無実だと確信し、つぶやきを自分に繰り返してきた。

やっていない。

仕組まれた。

しかし仕組まれたということも、やっていないという主張も、証明する方法がなかった。だから二億円の工作費を支払ったのである。

二億円でなんとか話がついたらしい。西海市内を街宣車が走ることもなかったし、いろいろな手合いのスキャンダル暴露の脅しも、新見と兼山のコンビが封じこめてくれた。久慈は安堵《あんど》という言葉の深い響きを実感していた。

半月前までの、スキャンダルという、一つの言葉に包まれた日常が、あのままあと数カ月もつづいていたら、健康を害して廃人になってしまったかも知れない。廃人まではいかないにしても、精神的なダメージはかなりだったはずである。

朝は六時前に起きて、息を詰めてまず新聞を開き、テレビのニュース番組を見る。頭取のスキャンダルが、突然記事になっていたり、映像として流れてはいないか。

「西海銀行……」

というテレビの一言で、電流を受けたように全身が反応した。と、実はそれは西海銀行提供の番組でのコマーシャルであった。

「テレビにうちのコマーシャル出すの、やめたらどうだ」

「は？」

久慈の言葉に副頭取の藤井が、口をポカンと開けて聞き返した。

心ここにあらずだった。

常務会で正面の議長席に座っていてボンヤリしてしまうことがある。なにかを考えこんでいて……ということではない。それも五分も十分も眼の焦点を失っているのだった。その間、常務会出席の他の重役たちは、放心したような久慈を見つめ、息を詰めあっていた。

名誉を喪《うしな》うかも知れない。

久慈悟の名前が泥まみれになるということは、営々として築いてきた六十八年の人生の否定だった。

良子はなんと言うか。顔を上げて西海の街を歩けなくなるだろう。

成人して家庭を持っている二人の子ども。

六人兄弟の久慈には、弟や妹がいて、といってもいずれもすでに五十歳以上だったが、彼等にとって久慈の存在が、唯一の家名の支えであったはずだった。そういう一切《いっさい》が崩壊してしまう。友人も知己も、それまでのようには接しづらくなるはずだった。

日本人にとって名誉は、社会的存在の認容状であった。

二億円で久慈は自身の名誉を買った。

このことで、新見和義や兼山武夫という、仲介に動いた二人のアウトローに、心から感謝すべきなのかどうか。二億円の詳細な使途の報告はなかったが、どういう使い方をされたのか興味があった。

ともかく名誉は保てた。ひどいことにはならずにすんだ。とたんにだった。マリコに会ってみたいと思った。ホステスに会うには、お客として〈銀の馬車〉へ行くしかない。だが久慈が〈銀の馬車〉へ行けば人目につくし、黒川とも会うことになりそうだった。

そういえば新見と兼山は黒川と呉の二人に、どういうことをしたのか。当然なにか言ったか工作したはずである。

　いろいろ考えて久慈は受話器を取った。

「あ、頭取。やあ。頭取からお電話をいただけるなんて、思ってもいませんでした」

　黒川は感激して叫ぶように言った。

「どうして」

　落ち着いた声で久慈が聞き返した。

「だって大変な迷惑をおかけしてしまったんですから。お詫びのしようもありません。兼山親分があああいうふうに乗り出した以上、頭取、かなりむしり取られたんでしょうね」

「ああいうふうに乗り出したって、具体的にはどういうことなの」

「そらもう、呉も呼びつけられて頭ごなしだったそうですが、立石なんか玄界灘の千八百メートルの海底に、鉄筋コンクリート詰めにして沈めてやるって。コンクリート詰めっていうのは聞いたことありますけど、鉄筋入りだそうですよ。ハンマーで叩いても割れないし、浮き上がってくる気遣いもない。永遠の行方不明ですからね。わたしはなにも知りませんって、立石も謝ったそうです」

「そんなことを……」

「兼山なんて豊島組の流れで、本当にやるんですからね」

　吐息を交えて黒川が言った。

「黒川さんは？」

「いや。もう手を出すなって。こっちできっちり始末すると言われました」

「じゃ黒川さんにはひどいことがなかったんですね」

「ま、こっちにも相応のバックはありますからね」

「そうなんだろうね。ときに彼女だけど、マリコ。店で元気に働いているの？」

ためらい気味に久慈が切り出した。

九州は例年にない空梅雨《からつゆ》で、六月上旬に二日ほどパラッときただけで、その後はずっと雲のない深い空に、真夏のような太陽が輝きつづけている。

「え、マリコ……」

「ウン。ひどい目に遭ったからね」

久慈は薄い笑いを含んだ口調で言った。

「頭取にはお詫びの言葉もありません」

「そんなことじゃなくて、彼女としみじみ会ってみたいんだ」

「もうかんべんしてやってください」

「責めるつもりはないんだよ」

「うちの店にはいないんですよ。なにが起きるかわからないものですから、置いてなんておけません」

「いないって、じゃブラジルへ帰ったの？」

久慈はがっかりしたように言った。黒川なのか呉なのか、貴賓室へ忍びこんで撮った写真によれば、久慈が知りたいと思っている挿入までいったかどうかはわからないにしても、ともかく唯一の事実として、二人はお互いの性器を密着させあっていた。

久慈にとってマリコはそういう相手。久慈の人生で何人もいない、肉体を密着させあった関係の一人になった。

「まだ帰ってはいませんけどね」

「え、じゃ日本にいるんだね」

弾《はじ》ける口調で久慈が確かめた。

「飛行機代っていうか、船で帰ってもあまり違わないんですが、それがかかるし、ブラジルには子どもと親がいるでしょう。稼いだ金を持って帰らないと困るんですよ」

「そうだよな。飛行機代のほかに、稼ぎを持って帰らなくちゃならない。ウン。あっさり帰れないわけだ。で、いまどこにいるの」

「ええ。でも頭取、マリコに会いに行くなんて、そんなこと言い出さないでくださいよ」

「いけないかな」

「じゃ会いに行く気なんですか」

「会ってみたいんだよ」

電話だったから、久慈は黒川に照れた顔を見られる恐れがなかった。

「面倒なことになっても知りませんよ。別府にいますけど」

「温泉場のキャバレーだな」

店の名前を確かめて、行くときは事前に断るからと久慈が言った。

2

新見が港区赤坂の事務所へ戻ると、事務所のソファーに神谷修一が待っていた。

「新見さん。ご無沙汰しています」

脚の長い身長一七三センチの神谷が、軽くはね上がるようにして立った。

「大社長。珍しいじゃないか」

一瞥《いちべつ》をくれる感じで新見が言った。

「大社長はやめてくださいよ」

「店頭公開会社の社長だからな。立派なもんだよ」

新見は窓を背にした自席に座ると、咥《くわ》えたタバコに火をつけた。

宝飾品の専業大手の神谷は、東京市場で店頭公開している株式会社A・アールの社長である。ダイヤモンドを主力商品に、仕入れから直売まで手がける一貫システムで、ほかに時計や皮革品も扱っていた。

新見は公認会計士大和田寛一の引き合わせで、数年前から神谷と付き合っていた。

「宝石がさっぱりですからね」

良家の子弟といった整った顔立ちで、新見に負けずブランド品で身を飾った神谷は、気弱そうに首を振った。

「でもうちみたいな零細企業と違って、株を公開していれば銀行の支援もあるし、隆々《りゅうりゅう》なんじゃないの」

「いやいや。ヘタに店頭公開なんかするもんじゃありませんね。この不景気で銀行からは卸売の縮小や、店舗の見直しとか、不採算部門の整理をうるさく言われて、人員整理もしなきゃいけないし苦労していますよ」

言いながら神谷は、わざとらしく吐息をついた。

神谷は、新見より一回りも若い昭和三十二年生まれ。出身地は東京で最初は上野の宝石商で働きはじめ、昭和五十三年に二十一歳の若さで独立。二年後には個人商店を改組し、株式会社Ａ・アールを設立し、代表取締役になった。

会社はその後バブル景気に乗り、倍々ゲームで業績を伸ばし、株式を店頭公開したのが二年前の平成三年の四月、神谷が三十三歳のときだった。

三十三の若さで、会社を急成長させた秘密は、神谷のアイディア商法にあった。

神谷は宝石のリサイクル市場に目をつけたのである。要するに中古の宝石を買い集める。中古の宝石といっても、表面に傷がついていなければ、宝石本体の価値はそれほど大きくダウンしていない。

問題は台座のデザインで、このデザインにも流行があって、これを新しく変えるだけで、宝石の価値は一変するのだった。

神谷は古い宝石を仕入れて、台座だけ新しいデザインに変え、新製品同様にして安く売る方法で業績を伸ばした。

もう一つ。神谷は市価の半値程度の仕入れ価格に、二割のマージンを上乗せした、独自の価格を打ち出し、同時に購入価格の七割で買い戻すサービスも実施した。最近相次いで破綻《はたん》が表面化している宝石商法そのもの。

だがバブルは一瞬で弾《はじ》けてしまった。売り上げ半減である。

「ところで今日はなに？」

ノースリーブで、クリーム色の超ミニのワンピースを着た女子事務員が、二人にお茶をいれて出した。新見の口調に神谷が、切羽詰まった顔で向き直る。

「助けてくれませんか」

「なに言ってるんだい」

「大和田先生から聞きました。新見さん、二億円をそっくりドブへ投げこんだそうですね。

一皮むけて人間のスケールが大きくなったって、先生褒めていましたよ」

「だめだめ。褒められたってなにも出ない」

新見が首を振った。

「でも誰にでもできるっていうことじゃないでしょう。二億円を兼山興業の会長にそっくり渡しちゃうなんて。結局新見さんはいくら取ったんですか」

「大和田先生が言ったんだろう、二億円そっくりドブへ投げこんだって」

「本当にじゃ、新見さんは一銭も取らなかったんですね」

神谷が重ねて確かめた。新見は火をつけたばかりのタバコを、机上の灰皿でねじ消し、給湯室から戻った女性事務員の、むき出しな太腿に視線を止めた。

二億円の解決金について、新見が東京での受け渡しにこだわったのは、そうすることで新見がキャッシュを握り、支払いのリーダーシップを、しっかりと抱えこんでおこうという狙いだった。

金を握っている者が強いはずである。

「なにを寝呆《ねぼ》けたことを言ってやがんだ」

九州の関係は、誰と誰にいくら支払ったらいいかという新見の問い合わせに、兼山は電話で頭ごなしだった。二億円そっくり、九州へ持ってこいと言うのである。

「おれの取り分はどうなるんです」

「なんだと」

「せめて半分とか……」

「甘ったれんじゃねエ。配分は四方に睨みのきく者が仕切るんだよ。口出しは許さない」

相手は暴力団の親分だったから、一喝されると新見は反論などできない。それでも一応は大和田に相談してみたのである。

「はじまったばかりだろう」

大和田公認会計士の短い一言。

「は？……」

新見が聞き返した。

「二億円は入学金。これから月謝を取ったり、寄付をつのったり、口実は腐るほどある。頂き放題だと思うね」

「そういうことでいいんですか」

これからは自分の才覚で、西海銀行から勝手に吸い上げてもいいのかと、新見は大和田に念を押した。

「そのつもりじゃなかったのか」

「え、ええ。まあ……」

「担保を用意して、お貸しくださいって頭取さんに頼みに行けば、銀行は断れないだろうね。融資をさ」

大和田は融資という言葉に、わざとらしく力を入れて言った。

二億円は二個のアタッシェケースに入れたまま、そっくり博多の兼山の事務所に運びこまれ、新見にはとうとう一銭の支払いもなかった。大和田ははじまったばかりだと言っていたが、はじまったばかりではあっても、最低でも半分の一億円、あるいは四分の一の五千万円はくれるだろうと思っていた。

それが遂《つい》にゼロ。

といって兼山は、例えばブラックジャーナリストの誰と誰にはいくらいくらと、周囲にそれなりの配慮をして、金を撒《ま》いた形跡がなかった。あるいは誰にも払わず、一人占めにしてしまったのかも知れなかった。

しかしそれも暴力団らしい処理だということができた。

新見が九州へ届けた金は、そっくり兼山の懐に納まってしまったらしかったが、その代償だと言って兼山は、千葉に所有している山林を、格安で譲ってやるから、どこかへ売りつけてこいと言い、約三十万坪の山林の図面と、権利書の写しに航空写真を新見に手渡した。

人跡未踏で利用方法のない山奥の土地を、兼山たちは国定忠治《くにさだちゅうじ》と呼んでいた。役人に追われてあの赤城山《あかぎやま》に籠もった、ばくち打ちの忠治である。

どうして国定忠治なのか。

つまり役人も滅多に踏みこめない、山の奥という比喩《ひゆ》だった。

そんな土地の一つを売ってやろうと言う。

それは兼山の常套的な錬金術《れんきんじゅつ》だった。二束三文の土地を手に入れ、必ず航空写真を撮る。そして相手に航空写真を見せるのである。その写真には周囲に家が立ち並び、舗装道路も通っている状況が映し出され、誰が見ても住宅地として開発すれば、将来性がありそうだと判断する。

だが現地へ行って見ると、その隣には産業廃棄物処理施設があったり、市街地調整区域だったりして、結局はモノにならない。

兼山はそんな土地を売りつける達人だったのである。

それでもバブル期には、銀行が競《きそ》って貸付先を探していたから、目茶苦茶にうまみのある商売ができた。不動産の総量規制以後も、ノンバンクからの迂回《うかい》融資が、そうした土地投機に注ぎこまれてきたのである。

恐らくその土地も、バブルの当時に手当して売れ残った、いわくつきの物件に違いなかった。その後、新見が独自に調べたところ、案の定、千葉県立自然公園の区域内で、開発は不可能ということがわかった。

「大和田先生ですがね」

神谷がつづけた。

「新見さんを訪ねて、西海銀行の久慈頭取を紹介してもらえって、言われたんです」

「紹介してどうするの」

「ですから融資をしてもらいたいんです」

いま考えている新しい事業の計画もあると、神谷がつけ加えて言った。

「新しい事業だって？」

「ここだけの話ですが、二つあります」

「ふーん」

「一つは、S百貨店に出店する交渉を進めているんです。ご存知のようにS百貨店は、バブル期の過剰投資で経営が悪化しています。だから収益を改善するために、テナント料の大幅な値上げを打ち出しているんですが、いま入っているテナントのなかにはその負担に耐えきれず、撤退を考えているところもあるようなんです」

「その穴埋めに、A・アール社が出店しようというわけか」

「いま宝石業界は確かに厳しいです。でもそういうときこそチャンスだと思うんですよ。S百貨店では池袋や渋谷など、四つの店の各一階のフロアを、A・アールに提供すると言ってきていますし、Sに店を出せれば宣伝効果は抜群ですから、当社の既存店舗も、これで相乗的に活性化することは間違いないんです」

「つまりSに出店するための資金が、必要だというのか」

「それともう一つ、もっと革新的な事業を考えているんです」

「まだ事業を広げるの？」

「そうじゃなくて、宝石の仕入れコストを下げるために、去年、ダイヤ原産地のロシア連邦のサハ共和国に、ダイヤの研磨《けんま》を目的とした日露合弁会社を設立して、研磨済みダイヤ裸石の独占販売契約を結んだんです。これが軌道に乗ると、国際シンジケートのデ・ビアス社の流通支配を受けない、ロシアルートの仕入れが可能になって、ダイヤ裸石のコストは格段に安くなります」

「デ・ビアス社の流通支配を受けずに、ダイヤの裸石が輸入できたら、それは確かに魅力的な話だけど……」

「でしょう。ロシアはソ連が崩壊してから、経済の統制が目茶苦茶になっているから、いまが最大のチャンスなんですね。現にもう新潟のロシア村に、うちの店を出す話まで進んでいるんですから」

熱心な神谷の説明を聞きながら、新見のなかに直感的な閃《ひらめ》きが走った。

——あるいは
利用できるかも知れない、とつぶやく。

「わかった。面白そうだな」

「西海銀行の頭取を紹介してください」

「ウン。しかし銀行を紹介するだけじゃ、ただの口利きだろう。それじゃこっちは面白くもなんともない。そう思わないか」

「融資が得られたらお礼をします」

「いくら」

「一パーセントでどうでしょうか」

「忙しいんでね。悪いけどまた来てくれないか」

吐き捨てるように言って、新見が神谷から顔をそむけた。

「いくらならいいですか」

駆け引き上手はお互いだった。

「せっかくのいい話だから、じゃおれもA・アールの経営に参加させてもらおうか」

新見が神谷の反応を探りながら言う。

「それはこっちとしても願ってもないことです」

神谷があっさり承知した。

「よし。それじゃ決まりだ」

間髪をいれずという感じで、新見が両手をポンと叩いた。

「西海銀行を紹介してもらえますよね」

「実は明日、十二時ちょうどに頭取と会うことになっている。一緒に行こう」

「え、明日ですか。明日九州へ？」

「頭取がいま東京へ出てきているんだよ。六月二十九日に株主総会があるからね。あそこは菱光《りょうこう》銀行系だから、大株主を回って白紙の委任状を取りつけなければならない。それで出てきているってわけさ」

「じゃちょうどいい……」

「ピンポン」

節《ふし》をつけて新見が言い、二人は思わず顔を見合わせた。

大和田から、はじまったばかりで二億円は入学金だ。これから月謝を取ったり寄付をつのったり、口実は腐るほどある。頂き放題だと言われてはいたが、ではどうやって西海銀行から、おいしい月謝や寄付金を取るのか、なにを口実に〝腐るほど〟頂くか、新見にはその見極めがつかずにいた。

頭取の久慈は「新見さんのおかげです」と何度も頭を下げていた。だからといってじゃ一億円ほど頂きたいと、手を突き出すわけにはいかない。そんなことをしたらぶち壊しだった。やはり金を引っぱる相応な口実が、絶対に必要である。

小遣い銭をせびるのではなく、事業という面から、久慈に協力を求めるのが一番自然で、久慈も扱いやすいはずだった。

しかしコンサルタントを名乗ってはいたが、新見の仕事はスキャンダルもみ消しの、要するに事件屋でしかなかった。その点、神谷にはA・アール社があった。

――そのうち
神谷がらみで、いい口実がみつかりそうに思える。

翌日、新見は銀座にある西海銀行東京支店に電話を入れ、帝国ホテル地下の〈京作《きょうさく》〉での昼食に、有望な青年実業家を同行するからと、支店長の沢田守に連絡を入れた。諒解もなしに連れていって、いきなり引き合わせるのは、有無《うむ》を言わさぬ感じで、不必要な警戒心を抱かせるだけである。

「沢田支店長もぜひ来てよ」

新見が沢田に言った。

「支店長にも紹介したいんです」

頭取のお許しが出ましたらと沢田は言っていたが、約束の時間に新見が神谷とホテル地下の店へ行くと、すでに久慈と沢田が奥のテーブル席で待っていた。

「お待たせしちゃって恐縮です」

新見は如才《じょさい》なく腰をかがめて言った。

「いやいや新見さんの方が時間は正確なんです。いまちょうど十二時ですから」

「しかし頭取をお待たせするなんて、相すみません。沢田支店長にお断りしておいたのですが、こちらが友人の神谷修一君です」

「やあ。西海銀行の久慈です」

「Ａ・アール社の神谷といいます。頭取にお会いできて光栄です」

神谷は久慈の名刺を押し頂き、自分の名刺を久慈に渡して深く頭を下げた。

「頭取、神谷社長は宝石業界の風雲児と呼ばれている人物です。いま三十五歳ですけど、二十一歳の若さで独立し、二年前に株式を東証の店頭市場に公開したばかりなんです。Ｓ百貨店にも出店し、昨年の年商が二百億円かな。沢田支店長にも申し上げたんですが、典型的な青年実業家ですよ」

「ほう。三十五歳で年商二百億円の社長さんですか」

久慈と沢田が異口同音《いくどうおん》に感心して言った。

Ｓ百貨店に出店計画があるだけだったが、新見はすでに出店しているように言った。

「神谷社長の出世物語は、何度もビジネス雑誌やテレビで取り上げられて、わたしなど本来はとても足元にも及びませんが、頭取もご存知の大和田先生が、Ａ・アール社には肩入れしてくださっていて、大和田先生のご紹介で、わたしも神谷君にお付き合いさせて貰っているんです」

「頭取、それは逆です。お付き合いを願っているのはわたしのほうでして、わたしのような若輩者《じゃくはいもの》が、なんとか仕事をしていけるのも、大和田先生に眼をかけていただき、新見社長のお引き立てがあるからなんです」

新見の褒め言葉に、神谷が口裏を合わせて丁重に挨拶をした。

話している間にも、前菜、向付《むこうづけ》、椀《わん》ものと懐石《かいせき》料理がテーブルに出はじめた。昼食だったからビールはグラス一杯ずつ。おかげで料理の味が引き立った。

「頭取。神谷君ですが、一両日中に沢田支店長の方へうかがわせたいのですが」

「そうですね。お取引をお願いするにしても、一応の手順は踏んでいただかないと……」

「支店長、よろしくおねがいします」

「わかりました」

久慈のスキャンダル収拾に、新見がどういう活躍をしたのか、取締役東京支店長の沢田が、どこまで知っているのかわからなかったが、新見にたいする久慈の対応を見て、尋常ではないなと感じたはずだった。

「わたしの方のお願いもあるんですが、説明させてもらっていいですか」

西海銀行と神谷の取引をどう処理するか、打ち合わせが進んだところで、新見が言葉をはさんだ。ひらめきというか、一種の思いつきだった。

「ええどうぞ」

「博多の兼山会長と共同で、千葉県山武《さんぶ》郡に土地があります。いまは兼山会長名義ですが、いつでもわたしに切り替えることができる約束です」

「どれくらいありますか」

「約三十万坪です。この土地を活用して霊園事業をはじめたいと思っているのですが、どうでしょうか」

視線を正面から久慈に注ぐ。

兼山と共同の土地だと言ったが、売ってやると言われてあわてて首を振った、例の国定忠治……物件だった。兼山は早く処分したがっていたから、新見が欲しい、買うと一言いえばすぐにでも売買は成立する。だから名義の切り替えは問題がなかった。

しかしあえて兼山の名前を持ち出したのは、新見一人ではなく、兼山も噛んでいると受け取らせることで、断れないなと、久慈に観念させる狙《ねら》いがあった。

観念さえさせてしまえば、物件本来のというか、正味の価値はほとんど問題にならなくなる。そこを衝《つ》こうという思いつきだった。

「なるほど霊園ですか。首都圏は墓地不足だそうですから、霊園事業はいいかも知れませんね」

「応援していただけるでしょうか、頭取」

新見はさらに久慈を強く見つめた。

昼食だったから料理はフルコースというのではなく、焼きものの次にすぐ雑炊《ぞうすい》になり、女子店員が葛切《くずき》りの注文を一人一人に確かめた。

「どういうふうにしますか」

まさに首の皮一枚という感じだった、女性スキャンダルの露顕《ろけん》を、見事に抑えこんでもらった以上、主役を果たした新見から、二億円の工作費以外に、一、二度の融資申し込みがあるだろうなと覚悟はしていたから、慌てず騒がずといった久慈の口調だった。

「霊園に開発しなければなりませんので、開発資金の融資をお願いしたいのです」

「三十万坪が担保？」

「そうです」

「しかしいまは兼山会長の名義ですよね」

「もちろん名義は一週間で変えます」

「そうして頂かないとね」

「山武郡といいますと、成東町《なるとうまち》のある所ですから、山の中ではないにしても、車以外ですと総武《そうぶ》線でしょうか。それでも坪当たり五千円はしています」

「三、四年前は……」

「ええ。一万五千円でした」

「なるほど」

「坪五千円の三十万坪は十五億円。どうでしょうか頭取、七掛けなら常識の線でしょうが、なんとか八掛けでご融資をお願いできませんでしょうか」

「すると十二億円ですか」

久慈がかすかな吐息で言った。

久慈には、千葉県山武郡がどの辺か見当がつかない。新見もまた、成田空港と九十九里浜のちょうど中間くらいの場所だと、正確なことは言わなかった。新見としてはそういう問題としてではなく、金を貸してくだされたしということだった。

「はい十二億円です。十二億円あれば墓地の整備も取り付け道路もきちんとできて、分譲に入れるのです」

「沢田の方へ、神谷さんと一緒に正式な手続きをしてくれませんか」

「頭取、ありがとうございます。おい神谷君、久慈頭取が君の方の件も承知してくださったぞ。必要な書類を早く準備しよう」

「新見さん。まだ正式な融資申し込みがされていませんので、承知したということではありません。神谷さんの方はさらにその以前の段階です。その点はご諒解ください」

それでも久慈は釘を刺すように言った。銀行の融資が、昼食の席の軽い口約束で決まるなどということはなかった。

通常西海銀行では、大半の支店で多額融資の案件は、本店審査部の決裁を受けて実行される。さらに数億円以上の案件になると、常務以上六、七名で構成する合議制の審議会を設置して、検討することになっていた。

図体《ずうたい》、つまり扱い金額に応じて、それぞれにくぐり抜ける関門が用意されていた。

新見の融資申し込みは、千葉の山林を担保に十二億円を借りたいというもの。土地の名義は兼山の二つ返事で書き替えられた。一方の神谷は来年春の第三者割当て増資を担保に、三十億円借りたいというもの。Ａ・アール社の株価は仕手戦《してせん》がからんでいて、一株二千六百円の高値を維持していた。

「百八十万株の、第三者割当て増資の払い込み金は、一株五百五十円なんですよ」

西海銀行へ提出する書類を示しながら、神谷が新見に説明した。

「なに？」

眼を光らせて新見が聞き返した。

「わかりますか」

「なに言ってるんだよ。二千六百円もしている株を、五百五十円で割り当ててもらったら、五倍近くになるじゃないか。わかるもわからないもあるかよ」

「大和田先生も、すこし欲しいようなことを言っていました」

「おれ、百万株引き受けるよ」

「まさか」

「五億五千万円だろう。金はつくる」

新見が精悍《せいかん》な顔を引きつらせて言った。

五億五千万円を払い込んで、二十七億近くにふくれ上がるという。

うまい話というよりは、信じられない儲けネタ。新見としては発行予定の百八十万株を、根こそぎもらいたいくらいだった。

二人は書類を揃えて、西海銀行東京支店にそれぞれ融資の申し込みをした。新見の十二億円について、審査部と審議会の二つの審査を受けながら、ほとんど形式だけで七月中にあっさり承認された。

審査部については、取締役審査部長の相良稔《さがらみのる》を、また審議会については副頭取の藤井を久慈が直々《じきじき》に呼んで、根回しをしていたからである。

それから三カ月後の十月に、新見が新たな案件を持ち込んできた。大阪市中央区にある五階建てのビルを担保に、三億五千万円を融資してほしいというものだった。ビルは兼山のものだった。

「千葉の土地はただでいい。その代償にこれをなんとかしてくれ」

兼山はそう新見に告げていた。

久慈は当初、連続した融資の申し入れに難色を示したが、結局これも了承された。

「兼山興業社長の、兼山武夫が関与する会社のビルですから、これを断られると、われわれの面子《メンツ》は丸潰れになります。なんとかお願いできませんでしょうか」

正面から兼山の名前が出てきた以上、久慈としてはこれも了承するよりほかなかった。

西海銀行トップでは、これらの久慈を通じて申し込まれる新見への融資にたいして何人かの役員が疑念を抱いた。

しかし紹介者が頭取の久慈であったから、会議の場で面と向かって異論を唱える役員は皆無だった。

——こういうことだ。

新見はつぶやいた。初めの工作費二億円を受け取るときは、半信半疑で、西海銀行が本当に出すかどうかわからないと思っていた。だが金というのは一度道がついてしまうと、流れるように動くものである。それも金額の多い少ないはあまり問題にならない。十二億円を引き出すのも、三億五千万円も手間は同じ、一度できたルートを金は走ってくる。まだまだ無限に、金が出てくるはずだと新見は思った。

3

N市内に本部を置く、右翼団体〈極東誠心塾〉の山本代表から、西海銀行専務で営業担当の内海正一に、突然電話がかかってきたのは十月にはいってすぐであった。

「頭取の女性スキャンダルを、中央の週刊誌が嗅《か》ぎつけて、近いうちに直接銀行の方へ取材に行くはずだよ」

降って湧いたような山本の話に、内海はびっくりした。

「まさか、うちの頭取が……」

つぶやくように言う。

内海はあの謹厳実直な久慈頭取が、女性問題を引き起こすとは夢にも思っていなかった。といって自分を常務、専務に引き立ててくれた久慈頭取に、面と向かってどうなんですかと、確かめるわけにはいかないし、そんなことをしようものなら、どんな叱責《しっせき》を受けるかわからないと思った。

むしろ忠実な久慈の部下としては、コトが公になる前に揉《も》み消《け》してやるのが、当然の務めではないか。

なんとかして揉み消せないものか。

内海がそのことを久慈に言い出しかねていると、右翼の山本代表が、一体どうするつもりかと、重ねて押しかぶせるように言ってきた。

「内海さん、これ本当の話なんだよ」

「週刊誌の記事ってどんな内容ですか」

「内容はよくわからないが、頭取に女性がいて、二人の間にトラブルが生じたらしい。その週刊誌が、わたしのところへ取材を申し込んできたんだ」

「本当ですか」

「間違いないよ。よく知っている記者の話だからな」

「困りました」

「じゃわしが抑えてやろうか。いま言ったように、わしのよく知っている記者だから、いまならなんとでもなると思うぜ」

「それは抑えられたら、それに越したことはありませんが」

「わかった。抑えてやろう。ただし、条件があるんだが、聞いてもらえるかね」

「どういう条件ですか」

「わしが所有するN市内の住宅地の売買を、銀行でうまく仲介してくれないかね」

「どれくらいの物件でしょうか」

「たったの百坪だよ。五千万円で売りたいと思っているんだ」

「このご時世ですからね、百坪で五千万円という土地は、東京や大阪と違ってこの西海市やN市では、簡単に買い手が見つからないと思います」

「わしもちょっと金が必要でね。五千万円が無理だというなら、四千万円でもいいんだ。四千万円だったら、どこかに買ってくれる人がいるんじゃないか」

内海には四千万円でも、買い手がいるとは思えなかった。しかし、イザとなったら銀行で引き取ってしまってもいい。その場合五千万円の融資だと、本店審査部の審査を受けなければならないが、五千万円以下なら支店長の決裁枠で処理できて、なんとかなると判断した。

「わかりました。それでは買い手を探してみましょう。その間山本さんに四千万円の融資をさせます。その代わり週刊誌のほうは、必ず抑えていただくよう、よろしくお願いします」

内海は独断で決め、自分の息のかかったN駅前支店の支店長に指示し、支店長の決裁枠で山本が所有する百坪の土地を担保に、四千万円の融資を実行した。

平成六年一月、新見はA・アールと化粧品販売の契約を結び、美人のほまれ高い妻の高子を役員に送り込んだ。そしてA・アールは、百八十万株の第三者割当て増資を行い、うち百万株は新見が、新たに株式会社〈秀宝《しゅうほう》〉を設立し、西海銀行から十億円の融資を受けて払いこんだ。

新見が十億円の融資決定を受け、東京支店から金が出たとき、取締役企画部長になっていた落合信博は、頭取室で久慈に進言していた。

「A・アール社ですが、メインバンクの横浜市民銀行は平成四年十二月に、A・アールのリストラを条件に十二億円を融資し、昨年の六月には貸出金利を一律短期プライムレートにし、金融支援をやってきたようですが、それでも業績の悪化が著しく、とうとう新規の融資要請を断ったという話です」

「横浜市民が……」

久慈は白い長命眉《ちょうめいまゆ》をしわめて聞き返した。

「それに今回の第三者割当て増資についても、横浜市民銀行は応じなかったという噂です。そんな会社の株取引に、当行が、十億円もの融資をして大丈夫でしょうか」

「君も知っているだろう。例の新見君からの依頼だからね。わたしとしてはちょっと断るわけにもいかないんだよ。それとわたしが神谷社長から直接聞いた話では、A・アールは最近Sデパートに出店したり、ダイヤ原産地のロシア連邦のサハ共和国に、ダイヤの研磨を目的とした日露合弁会社を設立して、研磨済みダイヤ裸石の独占販売契約を結んだらしいんだ」

これが軌道に乗ると、国際シンジケートの流通支配を受けない、独自のロシアルートの仕入れが可能になって、ダイヤ裸石のコストは格段に安くなるから、業績も一変するはずだと久慈は落合に説明した。

「わたしが大和田先生に紹介されて連れてきていながら、こんなことを言うのはおかしいのですが、新見というのはどうも気が許せないと思います。暴力団でもないし、ヤクザというわけでもないでしょう。曖昧《あいまい》なんですよ。実は……」

言《い》い澱《よど》んで落合が顔を伏せた。

「ウン。なにか……」

「昨日の昼休みに、栄町のレストランで立石と会いました」

「君とは懇意《こんい》だったな」

「懇意ということはありません。立石に極東誠心塾の山本に脅されなかったかと聞かれました。例の件で東京の週刊誌が、取材に動いているとか言って……」

「まさか」

久慈が息を詰めた。

「誰かが東京の週刊誌にリークしたそうです。面白いネタがあるから調べてみろって」

「リークだって。一体……」

久慈は唾《つば》が喉《のど》に引っかかって、言いかけた言葉が途切れてしまった。やっとだった。この半年ほどうまく納まってくれていて、久慈は夜も穏やかに眠れるようになった。いままたあの苦悩を繰り返したくはなかった。

そのために……である。可能な限り新見への融資に応じてきた。久慈にとっては明らかな負い目だったからである。

「リークしたのはどうも新見じゃないかって、立石が言っています」

落合が重ねて言った。

「なに。まさか」

「わかりません。立石の話ですから」

「なんのために、新見がマスコミにリークするのかね。こっちは彼が希望するだけ、融資をしてやっているじゃないか」

テーブルを叩かんばかりに言う久慈の、怒りの証拠のように、額の太い青筋がヒクついていた。

「ゆさぶりでしょうね」

「ばかな」

落合から顔をそむけて、久慈が吐き捨てるように言った。

落合は立石の話として、リーク犯は新見だろうと言ったが、それを裏付ける証拠はなかった。しかし久慈にゆさぶりをかけておかなければならない状況はあった。

一度は自分たちが抑えこんだ久慈の女性スキャンダルを、いまになってリークしなければならない情況というのは、新見が百万株もの第三者割当て増資を引き受けた、A・アール社の株価が、このところ急落していることにあった。

新見が五百五十円で百万株を引き受けたとき、A・アール社株は買い方本尊のディスカウントストア社長の買い支えで、二千六百円まであった。

新見は払い込み金の五百五十円との差額を計算し、妻の高子を役員に送りこんで、悦に入っていた。ところが買い本尊が資金手当に行き詰まり、わずかな売りで二千円を割ったA・アール株は、千五百円に下がり、千円を切るとあっという間に五百円になってしまったのである。

A・アール株の店頭市場の気配は、なおも売り意向であった。

そうなる前に、新見は百万株を売り払うつもりでいた。下がりきる前に売却していたら、目論見《もくろみ》通りではないにしても、ともかく儲かっていたのである。

だが売れなかった。

第三者割当て増資株は、普通の増資新株とは違って、期日が来ないと売れない。株券が来ないのである。百万株の預かり証しか手許にはない。預かり証では売買できないから、どんどん値下がりしていく株価を、指を咥《くわ》えて見送っているしかなかった。

新見は預かり証を、証券担保のマチ金融に持ちこんだりもしたが、まったく相手にされない。換金できない預かり証を抱え、新見は兜町《かぶとちょう》を右往左往しながら考えた。

このままではA・アール株は、最後にゼロになってしまうかも知れない。それを防ぐ方法は一つ。株を買い支えることである。買う者がいないからどんどん下がっていく。誰かが買えば逆に上がるはずだ。

その買う誰かを、新見は自分でやってしまった。

千円を割る寸前のときに、五万株、十万株と買い注文を出し、千円死守をみずからのリスクで成し遂げようとした。お貸しくださいで西海銀行から借りこんだ金があった。だがあっという間に五十万株近くも買えてしまって、しかも売り物はいくらでもあった。止むなく買いの手を引いていると、あっという間に五百円にまで急降下……だった。

「神谷、どうしてくれるんだ」

新見は神谷を怒鳴りつけた。

「どうしてくれるって？」

「このままじゃ百五十万株の株券は、紙切れじゃないか」

「株価が下がったのは、わたしのせいじゃありませんからね。そう言われても困ります」

「どういう意味だ」

「正当な商行為でしょう」

「バカ野郎。ふざけたことを言うんじゃない。キサマ、おれを騙《だま》したな」

「新見さん、人聞きの悪いこと言わないでください。第三者割当て増資を引き受けて、当社の経営に参加したいと言ったのは、あなたの方ですよ。新規発行株をすぐに市場で換金しようとした新見さんこそ、裏切り行為じゃないですか」

「お前、誰に向かって口を利いているんだ。いまの言葉をよく覚えていろ」

二人のこの諍《いさか》いは、大和田が中に入って納めたが、高株価が唯一の資金繰り対策だっただけに、A・アール社の株価崩壊で、新見も神谷も二人とも、資金工作に追いまくられることになる。

まず借りた金の返済。

いくら頭取の弱みにつけ込んだ融資でも、銀行からの借金には、一つ一つ返済期日がついていた。しかしそうはいっても返すつもりのない借金だったから、うまくごまかしていくしかない。返したように見せかけて、実際には借入金がどんどん増えていく。

新見はA・アールと、第三者割当て増資の、払い込み金を借りるために設立した、〈秀宝〉の約束手形を西海銀行東京支店に持ち込み、割り引かせた。

新見が持ち込んだ約束手形は、平成六年二月と五月に各十億円、六月には六億三千万円、七月は二億一千万円と、あまりにも金額が大きく、しかも頻繁に持ち込んでくるため、窓口となって対応していた東京支店長の沢田はネを上げ、副頭取の藤井に何度となく要望書を郵送した。

この頃ちょうど、総会屋の小島竜二にたいする、証券四社の利益供与事件が発覚して、金融業界にたいする批判が噴出していた。

副頭取の藤井は久慈に、新見絡みの融資については、今後注意したほうがいいのではないかと、思いきって具申《ぐしん》した。すでに眼に余るし、このままでは早晩大きな問題になりかねないと言うのである。

久慈も考えて、東京出張の際新見と会った。

「銀行にたいする当局の監視が厳しくなってきましてね、藤井から聞いたのですが、ちょっと無理があるようなんです。少し考えていただけませんか」

だが久慈のこの申し入れに、新見は逆に反発した。

「頭取。わたしのほうは差し入れた手形を、不渡りにしたことは一度もありませんよ。正当な商取引をそんなふうに言われるのは心外ですね」

居直りともとれる新見の言い分は、実はその通りだった。

新見は自分の会社である〈秀宝〉の、例えば額面五億円の手形を西海銀行で割り引かせ、期日が来ると、A・アールの額面七億円の新しい約束手形を持参して、期日の来た手形と差し替えていたのである。

このやり方なら、新見の手形が不渡りになることはなかったが、手形は次から次へと持ち込まれ、金額も際限なく膨《ふく》らんでいく。

「手形の金額が大きくなると、担当者も躊躇《ちゅうちょ》するようになるんですよ」

「だったら別途、担保を入れましょう」

「それよりも少し時間を置いてもらいたい」

「いいですよ。今回はダイヤを担保に差し出します」

「わかりました」

こうして九月、神谷がロシア村から調達してきた人造ダイヤを、新見は担保に差し入れて、十五億円の融資を引き出していった。

融資を拒むなら、いつでもアレ……をやるぞという、ゆさぶりをかけつづけることが、新見には必要だったのである。「頭取の女性スキャンダル」の一言で、久慈は震えあがってしまう。行内では、例えば営業担当専務の内海にしても、それがどういう内容か、わからなかったくらいだった。

ただしかし、通常宝石は担保価格を評価されず、銀行の担保としては認められていなかった。

窓口の沢田東京支店長は、すぐ副頭取の藤井に連絡を入れた。折り返し藤井から沢田にファックスが届く。そこには藤井の手書きの文書で、次のように書かれていた。

「通常、融資は難しい案件だが、頭取の意向なので、融資を実行するように……」

いかがわしい人造ダイヤを担保にしての融資は、一回限りと言い渡された新見は、新手《あらて》の融資を申し込んできた。

千葉県山武郡の約三十万坪の土地に、オートキャンプ場の建設を計画し、その建設資金名目で、総額三十五億円を融資してくれというのである。

「新見さん、この前の融資でこれを最後にとお願いしたはずです。約束違反ですよ」

久慈はうんざりした口調で言った。

「約束違反って、頭取がこの前おっしゃったのは、ダイヤを担保にしての融資でしょう。宝石担保は約束通り前回で終わりにします。今度は別件でのお願いなんです。千葉の山林に新しい事業を考えていますので、よろしくお願いします」

「だけどその土地は、前に霊園を開発するという名目で、十二億円の融資をした土地じゃないですか」

「県立自然公園の区域内ということで、霊園の開発が許可されなかったんですが、あのまま放置しておくと、前に借りた十二億円も焦《こ》げついてしまいます」

「あの土地にはすでに担保がついていて、これ以上の融資は無理です」

「その点ですが、A・アールの神谷社長が関係する、運輸業共同組合が買い上げてくれることになりました。それで担保はきれいに清算されるので、問題はなくなります」

「でもオートキャンプ場って……」

「あそこは県立自然公園の区域内ですので、県とも協議しています。今度は大丈夫です。今度の事業には、兼山興業が絡んでいるんです。よろしくお願いします」

「新見さん、いくらわたしが頭取でも、際限なく融資に応じることは不可能です。これを最後にしてくれませんかね」

「わかりました。じゃ、ついでと言ってはなんですが、千葉の土地を、運輸業共同組合が買収する資金も、この際面倒を見てもらえませんか」

　新見は久慈の心中などお構いなしに、のしかかるように言った。

　これはダメだ……。

　久慈を言いようのない絶望感が襲った。

結局久慈は、これが最後だと一縷《いちる》の望みをかけて審議会を通し、千葉の山林にたいして総額三十五億円の融資に応じた。

4

平成六年決算期の三月の第二月曜日。久慈悟はいつものように、花郷町の自宅を午前八時二十分に出て、迎えの大型乗用車で西海銀行本店に向かった。

狭い地方都市だから、久慈の自宅から本店までは、車で十五分の距離である。西海銀行の始業は八時四十分だから、久慈は五分前に必ず到着していた。

それは西海銀行に入行して以来、久慈が四十一年間ずっと守ってきた、バンカーとしての真摯《しんし》な姿勢であった。

銀行は信用が第一で、相手に誠意を示すには、まず時間を厳守することだと久慈は考えていた。初対面の相手と会うのに、約束の時間に遅れると、なんだ時間も守れないのかと、不信感を持たれてしまう。

そうなっては、こんど相手の気持ちを摑むのに、百万言の努力を要する。だったら最初から五分早く到着して相手を迎えるほうが、先方から信頼されて、ビジネスチャンスも膨らむはずだと、久慈は常々部下に言い、みずからも実践していた。

そういう几帳面《きちょうめん》さは、子どもの頃から母に厳しく仕込まれ、身についたもので、時には相手に煙たがられることもあったが、久慈はその生き方を変えなかった。

車が住宅街を抜け、国道三十五号の表通りに入ったとき、後部シート中央の、アームレストにセットされた自動車電話が鳴った。出社途中のこの時間に、自動車電話が入ることなど滅多にない。

一体何事かといぶかりながら受話器を取り上げると、押しかぶせるような低い男の声が、耳元で響いた。

「もしもし、久慈頭取さん？」

聞いたことのない声である。

「久慈ですが」

「本店正面玄関の受付の前に、面白い写真が貼ってありますよ……」

「なに？　もしもし、写真って、あなたどちらさんですか」

だが応答がない。

久慈がなおも確かめようとすると、そこで電話は切れてしまった。後はいくら声をかけても、通話音が空しく鳴り響くだけである。

久慈は、嫌な予感がした。

ひょっとしたら例によって新見の、嫌がらせなのかと思った。

頭取専用車の自動車電話番号を知っているのは、極めて限られていた。副頭取の藤井以下、西海銀行の役員と総務部長に秘書課員、外部では公認会計士の大和田と新見、それに黒川甲子三の三人だけだった。

正面玄関に面白い写真……。

男の低い声が鼓膜《こまく》に張りつき、久慈は苦い粉薬が、喉《のど》の奥にこびりついたような不快感を抱いたまま、後部シートで深く腰を埋めて目をつむった。

そのとき、つまり午前八時三十分、西海銀行正面の玄関シャッターが巻き上げられ、強化ガラスの大きなドアのロックが外された。

すると入口の前で開店を待ちかまえていた感じで、突然カーキ色の戦闘服に身を固めた二人の男が、ドアを押して入ってきた。呆気《あっけ》にとられたガードマンの岩井利光《としみつ》は、目の前を通り過ぎた二人の背後から、おっかなびっくり声をかけた。

「どちらさまでしょうか……」

だが二人の男はガードマンの岩井を無視して、受付前の壁に、四つ切り大の写真を素早く貼りつけ、それから受付に座っていた菊池光代に、無気味な笑いを投げて出ていった。

その間一分足らずの行動だった。

岩井と菊池光代は、顔を合わせながら壁の前に回り込み、貼られた写真を見上げた。

カラー写真で、写っているのは頭取の久慈と、一見してハーフとわかる若い女性の二人。

久慈は仰向けに寝ていて、寝間着もつけず、裸……という感じで、その久慈にまたがった女性のほうは、豊満なバストを揺らしていて、それが男女のなにをしている情景か、聞くまでもなかった。

さらに髪が栗毛色の女性は白い歯をむき出しに、いまにも嬌声《きょうせい》を上げそうな雰囲気で、久慈は眼鏡を外して眼を閉じていた。写真を覗きこんだ菊池光代が、低く悲鳴のような声を上げる。

岩井は写真に顔を近づけ「頭取……さんだ」と、うめくように言った。

「すぐに総務部に連絡しなきゃ」

思い出したように言う岩井に促され、光代は慌てて総務部に内線電話を入れた。

受付からの知らせを聞いた総務部長の若生《わこう》茂は、若い総務部員を一人連れて、一階正面玄関へ急行した。

若生がフロアに到着したとき、受付正面の壁には、まだ妖《あや》しい写真が貼られたままで、岩井の他にももう一人の受付嬢と三人が、どうしたものかというように、困惑《こんわく》して顔を伏せていた。

「早く片付けなさい」

貼られた写真を見上げて、総務部長の若生が声を潜め、叱るようにガードマンの岩井に命じた。

「どうしたっていうんだ」

岩井から写真を受け取ると、若生が二人の受付嬢に聞いた。

「………」

若い二人が顔を見合わせた。

「いえ。いきなり二人組の男が入ってきて、壁に写真を貼ったんです」

青白い顔で岩井が答えた。

「このことは誰にも言っちゃいけないよ」

若生は持っていた写真をヒラヒラさせ、岩井と二人の受付嬢に、厳しい口調で念を押すと、エレベーターホールに消えた。

五分後、久慈がエレベーターホールから、ゆったりした歩き方で姿を現した。

「キャッ！　頭取さん」

光代は久慈の姿を見たとたん、思わず声を上げた。

いつもなら地下の駐車場から、エレベーターで頭取室のある最上階まで直行する久慈が、この日に限って地下駐車場から一階で下りてきて、正面玄関前の受付に顔を出したのである。

岩井と二人の受付嬢は、直立して久慈に頭を下げた。ガチガチに緊張していて、いまにも膝が震え出しそうだった。

それでも若いだけに好奇心が勝《まさ》って、上目遣いに様子を窺うと、久慈はそれとなく受付正面の壁の辺りを見回していた。

だがそこに貼られた写真は、すでに若生総務部長が取り払った後であった。

正面の壁や周囲になにも変わったことのないのに安心したのか、やがて久慈は三人に笑顔を振りまき、いましがた出てきたエレベーターホールに消えた。

「ああ、びっくりした」

光代は思わず声に出して言った。

フロアの向こうで、ガードマンの岩井がこちらを向いて、三人は誰からともなく目配せをした。

——こんな

面白い話を黙っていろと言われても、そんなの無理よねえ、と光代が目で合図すると、岩井ももう一人の受付嬢も、顎《あご》をしゃくって笑いかけ、早く誰かに喋《しゃべ》りたくて、光代は体がうずうずしてくるのを必死に抑えていた。

最上階でエレベーターを下りた久慈は、頭取室に入る前にちょっと秘書室を覗いた。

「あ、お早うございます」

秘書室員が全員、一斉《いっせい》に立ち上がって頭取に挨拶をする。それに小さくうなずいて久慈は、秘書課長を手招きして、小手で口許を覆い小声で聞いた。

「今朝、正面玄関でなにかなかったかね」

「わたし共は通用口から入りますので。正面玄関は九時になりませんとお客さまも……。とくになにも伺っておりません」

「そうか」

「なにか？」

「いや、なんでもない」

やはりいたずらだったのか……。

頭取室に入った久慈は、車の中での緊張感から解き放たれて、どっかりと椅子に腰を下ろした。

しかし喉に粉薬がこびりついたような不快感は、依然として取れなかった。一体、誰があんな電話をかけてきたのか。また、例のことが新見や兼山以外に、どの程度の広がりを見せているのか、考えれば考えるほど、なにか真綿《まわた》で首を締められるような息苦しさを久慈は覚えた。

それから二日後、総務部長の若生の許に、N県商工新聞編集主幹の大槻《おおつき》貞光が訪ねてきた。もちろん若生と大槻は顔見知りだった。

大槻は若生に面会するなり、単刀直入に用件を切り出した。

「若生部長、極東誠心塾という右翼団体をご存じでしょう」

「たしかN市に本拠を置く団体ですよね」

「そうです。その極東誠心塾が、久慈頭取の女性問題で街宣を計画しているそうです」

「エ、え！……」

若生はびっくりして体をのけぞらせた。戦車のような掩蓋《えんがい》をつけて、スピーカーの音量を一杯に、街中を走り回る右翼の街宣。

「警察に道路使用許可届を出したそうだから、まず間違いないと思います」

「右翼が街宣をかけてくるって、うちの銀行にですか。まずいことになったなあ」

若生は深い吐息をついた。

「わたしの新聞社にも、久慈頭取がらみでいろいろな情報が入ってくるんですが、実際のところ、どうなっているんですか」

「いや。それがわたしも正直言って、頭取の女性スキャンダルと言われてもよくわからないんですよ」

「まあ、知っていても、教えるわけにはいかないですよね」

皮肉っぽく大槻が言った。

「そうじゃなくて、こういう噂は内部の人間にはかえって伝わらないんですよ。だからわたしも噂は聞くんですけど、全部外の人から教えられた話ばかりなんです。といって上の方に本当はどうなんですかって、確かめるわけにもいかないし、どう対処したものか困っているんですよ」

「じゃ、かえってご迷惑だったかな」

「そんなことはありません。いまのわたしにできることは、可能な限り多方面の情報を集めることぐらいですから、これからもできるだけ、教えていただきたいのです」

若生が姿勢を起こして言った。

「そうですか。お役に立つというのであれば、今後もわたしのところに届いた情報は、すべてご連絡します」

「ありがとうございます」

「うちの新聞は特に、落合さんにはいろいろとお世話になりましたからね。こんなことぐらい当然ですよ」

総務部次長だった当時の落合は、地元N県の地方新聞には、できるだけ出稿して経営の助けになるよう、配慮してやった。商法改正のあおりを受けて、ローカル紙の経営が苦しくなったときである。大槻が所属する新聞も落合の配慮でずいぶん助かった組だった。

大槻はそれを恩義に感じていた。

行内では落合人脈と見られている若生は、大槻のように好意的に言ってくれると、正直嬉しかった。

大槻を送り出して、若生が三階総務部のデスクに戻ると、こんどは西海警察署から電話が入った。

「明後日、午後一時から二時までの間、右翼団体の極東誠心塾が、街宣をかけるという届け出を出しています」

　副署長が言った。

「ですからね、うちがその標的になっているんですか」

「どうもそのようです。どうしますか」

「どうしますかと言われましても……」

　若生は困惑した。

　総務部長になって以来、落合も含めて外来者などからも、それとなく頭取の噂らしいものは聞いていたが、銀行としてどう対処するのか、行内で協議したことは一度もなかった。それどころか、触らぬ神に祟《たた》りなしで、誰もがこの問題を避けてきた。そのツケが一挙に回ってきた感じなのである。

「うちの方は届を受け付けるだけなんです」

「やめさせてもらうというわけには、いかないんですね」

「それはできません」

「それじゃ内部で協議してから、どうするか連絡します」

　若生はそう答えて電話を切った。

同じ頃、本店ビル最上階の久慈の許にも、N県警察本部から電話が入った。

電話の内容は、西海警察署から若生に告げられたものと同じだった。県警本部としては、県公安委員を二期、公安委員長を一期つとめた久慈にからむ問題とあって、無視するわけにもいかず、それでわざわざ電話をかけてきたのである。

右翼の街宣は、警察の立場からすれば労組のデモや、スポーツの優勝パレードなどと同じ扱いである。手続きとしては街宣をかける目的、コース、時間などを所轄の警察署に届け出て、許可を得ればいいのだった。

無許可で街宣をかけようものなら、道路交通法違反に問われる。

「内部で相談してからご連絡します」

久慈は副頭取の藤井を呼び、極東誠心塾の件を伝えた。しかし藤井も有効な対策を持っているわけではなかった。

久慈はさらに若生を呼んだ。

「県警本部から連絡があったのだが、右翼が街宣をかけるそうだ」

久慈は精一杯に顔をしわめ、苦渋《くじゅう》に満ちた表情で若生に伝えた。

「はい。実は先程まで三階でも、その話をしておりました」

若生も他の役員部長と同様に、久慈の前では直立不動で答えた。

「右翼の話をか？」

「ええ。N県商工新聞の大槻君が情報を持って、訪ねてきたんです」

「あ、あの新聞か。あれは確か、落合君が昵懇《じっこん》にしていたはずだったな」

久慈は記憶の糸を手繰《たぐ》り寄せるように、目を細め首をかしげた。

そういえば、確か平成三年の商工新聞新年号の紙上で、「地域との共生」というテーマで、大槻とは対談をした記憶があった。その対談をお膳立てしたのが、当時秘書室長だった落合である。

「どうしましょうか」

若生は久慈と藤井を交互に見て街宣にたいする指示を仰いだ。藤井はうつむいたまま何も言わない。しばらく沈黙が続いた後で、久慈が重い口を開いた。

「わかった。わたしのほうでなんとかする。君はもういいよ」

「は……」

言われた若生は、深く一礼して頭取室を辞した。

第六章　ディープスロート

1

「元気がありませんね」

横目で端正な久慈の白い顔を窺《うかが》い、黒川甲子三が周囲に気を配りながら、久慈に聞いた。

「どこも悪いわけではないが……」

久慈が首を振る。

「別状がなければいいんです」

「ありがとう。で？……」

エレベーターで下かというように、久慈が人差し指を下向きにして黒川に聞いた。

国際ホテルの会議室で開かれた、昼食会を兼ねた西海商工会議所主催の、地元経営者懇親会が終わって、大半の者はエレベーターで帰っていった。

会場には何人も残っていなかった。

「頭取からわたしに、ご用がおありかと思いまして」

黒川が水を向けるように聞いた。

「ああ。ええ……。いいですか」

「ラウンジのソファーでどうですか」

「じゃ二、三十分」

久慈は黒川にうなずきかけ、先に立って窓際の席に腰を埋めた。懇親会が終わらないうちから、久慈はなにか話しかけたそうに、黒川の顔色を窺っていた。

兼山だの新見だのという、おかしな連中が西海銀行へ喰い込んできてから、黒川は久慈とかんじんな部分で嚙み合いが悪く、どうしてもしっくりいかなかった。壱岐のホテルで、騒ぎのそもそもの原因をつくったのは黒川だったが、西海銀行の面倒は「われわれが今後一切見るから」と兼山に脅され、手を引かされて以降である。

親しげに振る舞うのもはばかられたし、会いに行くのも控えていた。顔を合わせるのは商工会議所の、会議のときだけになってしまった。

お互い貧乏人の出だという一点を除いたら、なにからなにまで二人は違っていた。それでいて黒川は久慈が好きだった。

正論を唱え、ゆったり構えている久慈を騙すのは簡単である。それだけにほかの者が久慈を騙しにかかっているのがわかると、危なっかしくて見ていられない。しかし手出しをすると兼山の眼が光っていた。

狼の群れを横切っていく生娘《きむすめ》を、はらはらして見ている感じである。

「実は、また……なんですよ」

滑《なめ》らかに言葉が出ないという感じで久慈がつっかえながら言った。

「蟻地獄《ありじごく》にはまったような感じですよ。這い上がろうとするとまた滑り落ちてしまう。こんどは大丈夫かなと思っていると、そこにも新しい罠《わな》が仕掛けてあって……」

内容の切迫感とは裏腹に、つづけて言う久慈の口調は醒《さ》めていた。

「それでこんどは？」

黒川としてはいまさら壱岐でのことを、こと改めて久慈に詫びてみてもはじまらないと思った。

「東京の週刊誌が、取材に動いているという話もあったらしいんです。銀行の正面入口、受付の脇へ例のマリコとの写真が貼られたり、総務部長は隠しているんですが、受付の女子社員が面白がって喋《しゃべ》って……」

「この通りです頭取」

それでも黒川は、膝に腕を突き立てるようにして、久慈に頭を下げた。

「どうしてなんでしょうかね。こんどもまた右翼の極東誠心塾が、わたしのスキャンダル告発の街宣をかけると言ってきて、総務部長も困っているんです」

「極東誠心塾ですか」

黒川は久慈の顔から眼を離さなかった。

「ええ。警察から今朝電話がありましてね。本当のことを全部打ち明けてしまえば、コトは簡単なんですが、信じてもらえるかどうかわからないし、どうしていいものかと思案しているところなんですよ」

久慈の言葉に黒川が顔を伏せた。

「正直に申し上げると、わたしのところにもその噂は届いております」

「え、黒川さんもご存じだった?……」

「はい」

黒川は、極東誠心塾のことだけではなく、新見という男を通じて銀行がかなりの不正融資をさせられているらしいことも、単なる噂ではあったが、かなり信憑性《しんぴょうせい》の高い情報として摑んでいると、喉まで出かかった言葉を飲み、改めて久慈を見上げた。

一番最初に、ブラックジャーナリストの立石が動いたとき、兼山や新見といった手合いを引きこんだりせず、あのまま自分に委《まか》せておいてくれたら、そんなひどい目には遭わなかったのではないか。

責める気ならそういう言いかたもあった。

だがそもそもの発端をつくった、いうならば黒川は元凶《げんきょう》……であった。白々《しらじら》しいことは言えない。

「どうすべきか。やはりまた誰かに動いてもらうのか。するとまた同じことに……」

久慈が言葉を切る。

「誠心塾なら、わたしにも心当たりがあります」

思わず黒川が言った。

「総務部長の若生の話だと、この情報を持ってきたのは、N県商工新聞の大槻とかいう男だそうです」

「え、大槻が知らせてきたんですか」

大槻は呉リゾートと親しく、呉が経営する二つのホテルには、顔パスで出入りしているはずである。そういえば、大槻は誠心塾ともつながっている。

「警察への届け出によると、外宣は明後日だそうです。あれを家の前でやられたりすると、家内がねエ、かわいそうで」

「明後日ですか」

「はじめに解決金二億円を、兼山に渡したのが間違いでした。二億円はわたしが自分でつくったんですけどね」

「え、頭取の自腹……。どうしてです」

「わたしの不始末だから当然ですが、それだけでは収まらないんですよネ」

「なんと言っていいか」

「災難です。結局のところ自業自得《じごうじとく》ということなんでしょうけど、わたしはそれで諦めもつくが、このままだと銀行の信用に関わるだけに、思いあぐねているんです」

しかし久慈は新見との関係で、不正融資を強要されてきた経緯や金額までは、さすがに明かさなかった。

「頭取、この件はここから先、わたしに委せてもらえんでしょうか」

「黒川さん。困るのは街宣なんです。銀行の前でわたしの女性関係だとか言われると、女子行員がいますからね。彼女たちが街を歩けなくなってしまいます」

「わかりました。まず街宣をなんとかします。放っておいたらわたしも寝覚めが悪くて、頭取のところの女子行員と一緒でこの西海の町を歩けません。黒川甲子三が命に代えても誠心塾の街宣を中止させます」

言いながら黒川はなぜか涙ぐんでいた。

黒川観光の事務所へ帰ると、黒川はリゾート興業の呉に電話をいれた。

「商工新聞の大槻君だけど、いぜんあんたの事務所へ出入りしているんだろう」

黒川がいきなり呉に聞いた。

「来てますよ」

呉があっさり答える。

「最近は？」

「なにかあったんですか」

「いや。そういうことじゃないが……」

「ま、一日置きか、三日に一度は確実に来ます」

「もう一つ聞きたいんだが、ホテル・壱岐での例のマリコとの写真ね、君の手許で焼きつけたのは何枚かね」

「え、あれはだから立石が……」

「立石が持ち歩いていたのは二枚だろう。それ以外に何枚焼きつけたのか聞いているんだ」

無意識に黒川の口調が険しくなってきた。

「いや。それはしかし……」

「いまさらあんたを責める気はないんだ。しかし正確な枚数を知りたい」

「五カットというか、五枚です」

あんたを責めないと言われて、それでも呉がちょっと声を落とす。

「じゃ三枚残っているはずだね」

黒川が念を押した。

「え、三枚って、ちょっと待ってくださいよ」

言って机に受話器を置いた呉が、引き出しを抜いて褐色の封筒を引き出した。空気を入れてから封筒の中を覗く。

「二枚……ですね」

「どうして」

すかさず黒川が聞き返した。

「本当に二枚しかありませんよ」

「三枚なけりゃならないはずだろう」

「ま、計算としてはそうですけど、でも二枚しかないんです」

「わかったよ。しかしだ、管理をもっときちんとしてもらわないと困るんだ、単なるエロ写真じゃないんだから」

強く釘を刺してから、黒川は車を用意させてN市へ走らせ、五島町《ごとうまち》に本拠を構える豊島組系暴力団、藤堂組《とうどうぐみ》の藤堂誠二組長を訪ねた。もちろん電話でアポはとってあった。

藤堂誠二は五十五歳で、背中に竜の刺青《いれずみ》を彫っていて、N市では正統派と呼ばれる数少ないヤクザの一人だった。

最近でこそ、新しくN県に進出してきた、同じ豊島組系衛籐組の派手な動きの陰に隠れて、藤堂組の勢力は縮小気味だったが、かつてはN港の荷役業務を一手に仕切って、羽振りがよく、豊島組内部の序列では、藤堂のほうが格上だったくらいである。

黒川はキャバレー〈銀の馬車〉の経営を通して、藤堂をなにかと面倒を見てきた経緯があった。

そのせいもあって黒川にすれば、同じ豊島組系とはいえ、衛籐組より藤堂の方が与《くみ》しやすい相手だった。

黒川は藤堂に会うなり、テーブルに両手をついて頭を下げた。

「藤堂さん。西海銀行の久慈を助けてやってくれ。七十歳のわしの命と引き換えでもいいくらいの思いなんだ」

黒川が喉を絞るようにして言った。

「おやじさん、手を上げてください」

「頼む。あんたしかいない」

「水臭いなおやじさん。やれと命令してくださいよ。わかりました。早速誠心塾に行って話をつけてきます。誠心塾の塾長はわたしの弟分なんです。どうします。誠心塾の本部は近いから、このまま事務所で返事を待っていてくれますか」

言いながら藤堂は、ひょいと腰を上げて事務所を飛び出していくと、二時間もしないうちに戻ってきた。

「どうだった？」

黒川が立って迎える。藤堂はそんな黒川に胸を張って見せた。

「話はつきました。明後日の街宣は中止です」

「そうか。中止にしてくれたか」

「あとは今後一切、西海銀行には行動をかけないという約束も、取りつけてきました」

「ありがとう。藤堂さん、恩に着るよ」

「こんなことでお役に立つなら、いつでも声をかけてください」

「それで、コレは幾らぐらいでよかね」

黒川は親指と人差し指で輪を作り、藤堂を見上げた。

「片手出してやってくれませんか」

「五百万か」

「そうです」

「わかった。今日中にうちのほうからこちらへ現金で届ける」

黒川は藤堂組の事務所を出ると、早速車の中から久慈に電話を入れた。

「あの件は中止になりました。もう心配しなくても大丈夫です」

「本当ですか黒川さん、ありがとうございます。感謝の気持ちで一杯です」

サラリーマンの久慈が二億円の自腹を切ったくらいだからと、黒川は誠心塾へ支払う、五百万円の解決金のことには触れず、自分の口座から金を引き出し、その日のうちに藤堂組に届けた。

だがほっとしたその穏やかな思いは、長くは続かなかった。五月に入って間もなく、極東誠心塾の街宣を抑えた藤堂誠二から、五千万円の融資申し込みが、西海銀行のN駅前支店へ舞い込んだのである。

久慈は藤堂が、極東誠心塾の街宣を抑えてくれたことは、黒川から聞いてもちろんわかっていた。

しかしそのことを副頭取の藤井や、総務部長の若生には一言も話してなかった。またまたヤクザの介入かと、思われたくなかったからである。

そのため藤井は、N支店から上げられてきた、藤堂の融資申込書を一瞥《いちべつ》しただけで、久慈に相談もせずに却下《きやっか》してしまった。藤井は藤井でこの手の連中を相手にすると、厄介なことになると考えたからである。

だが極東誠心塾と折衝し、街宣を中止させたことで藤堂は、黒川には最大限の義理を果たしたが、何の恩義も借りもない西海銀行は、はした金の五百万円ですます気なのかと、藤堂の奔走《ほんそう》にありがとうの一言もなかったことに腹を立てた。

そんなにおれは、安っぽく見られているのかという思いである。

同時に、久慈のスキャンダルでは、兼山興業などはさんざいい思いをしていることも、藤堂はヤクザ仲間の情報で知っていた。それなのにおれにはただ働きをさせて、頬《ほ》っ被《かむ》りを決めこんでいる。

　こんな義理も人情もわからないヤツに、遠慮する必要などあるものかと、最初から五千万円を脅し取るつもりで、藤堂は融資を申し込んだのだった。

　それがあっさり断られてしまった。藤堂は怒って久慈に手紙を書いた。

「なにかあれば暴力団を利用し、都合が悪くなると頰っ被りをして、無関係を装うとは、一体どういうことだ。西海銀行のために働いたわたしの立場を無視するつもりか。コトと次第によっては記者会見を開いて、銀行と暴力団の癒着《ゆちゃく》関係を発表する所存だが、きちんとした回答をもらいたい……」

　手紙にはそういうことが書かれていた。

　どうするか。

　藤堂の手紙を読んで久慈は、再び匕首《あいくち》を喉元に突きつけられたような気分になった。もう一度、黒川に頼むかどうか。

　しかしそれは無理だと思った。

　久慈としても、藤堂が街宣を抑えてくれた時点で、素直に藤堂に挨拶をしておけばよかったという反省があった。

　だが久慈は「あの件は心配ない」と黒川が言ってくれたことに安堵《あんど》し、同時にヤクザとの付き合いが、いかに恐ろしいものであるかを、身に染《し》みて感じていたため、つい躊躇してそのまま放置してしまったのである。

いまさら黒川に頭を下げても、自分の常識のなさを詰《なじ》られるだけだと思ったのである。

だが放ってはおけない。融資をしたら兼山や新見の二の舞いだ。久慈は思いあまって、その兼山と新見への不正融資の事後処理の打ち合わせで、西海銀行本店を訪ねていた公認会計士の、大和田寛一に相談した。

大和田は藤堂からの手紙を一瞥するなり、警察に被害届を出せと怒ったように言った。

「これは立派な恐喝《きょうかつ》でっせ。すぐ警察に届けなあかん。こんなもんを放置しとったら、銀行の社会的責任が問われます」

「は?……」

久慈は大和田の言葉を、信じられない思いで聞いた。

大和田は、豊島組系舎弟企業の、いくつかの顧問をつとめていて、広域暴力団の豊島組とさまざまにつながっていた。それなのに、なぜ同じ豊島組系の藤堂組長の手紙を、即刻警察に通報しろと言うのだろうか。

「いま中央の金融界は、総会屋への証券四社の利益供与事件にはじまって、第一銀行とかの不祥事《ふしょうじ》についても、検察が厳しく捜査をしている最中です。そういう時期に、こんな恐喝事件を放置しとったら、大変なことになりまっせ」

「しかし、警察に連絡すれば、コトが公になるのではないでしょうか」

「それは大丈夫や。新聞には公表せんように頼めば、警察もきちんと対応してくれます。とくに今回は県公安委員長の事件ですから、気イつけると思います」

大和田のこの意見に、同席していた藤井や、大蔵省から天下《あまくだ》った河田専務などが同意。西海銀行幹部は、事件にならないよう対処すべしという意見で一致した。

ところがこの後で、一介《いっかい》の公認会計士にしか過ぎない大和田が、突然久慈にたいして、このままでは監査報告書が書けないので、この際頭取の座を副頭取の藤井達夫に譲るべきだと切り出したのだった。

「これ以上、暴力団や総会屋、右翼とかブラックジャーナリストの餌食《えじき》にならないようにするためにも、ここは久慈さんが頭取を退いて藤井さんに譲り、会長に就任したほうがええのやないかと思います」

久慈は思わず首を振った。

「突然こんな重要な問題を、そんなふうに切り出されても……。頭取の任期はあと一年残っているんですよ。ここでわたしが急に辞めたら、逆に何かあったのではないかと、世間は疑念を抱くんじゃないでしょうか」

大和田に反論するというより、同意を求めるように、藤井と河田の顔を交互に見較べながら、久慈は自分でも思いの外のような強い語調で言った。

「ただですね、検察が一旦《いったん》動きだすと、金融界と闇の世界の人間関係は、徹底的に洗うでしょうね。今回の恐喝事件を警察に届ける以上、頭取も任意の取り調べには、当然応じなければいけませんね。頭取の座にとどまったまま、警察の調べを受けるというのは、いかに何でも世間体《せけんてい》が悪いのと違いますか。ここは銀行の信用を考えて、頭取は会長に退かれるのが最善の策やと思いますな」

「被害届を出さなければどうなりますか」

言いながら久慈は、なにを執着しているのかと自分に問い返していた。すでに七十歳になろうとしていて、あえて西海銀行頭取として、しなければならない事業的な目的もなかった。まったく別な情況で、頭取の退任を求められたら、静かに応じていたかも知れないと久慈は思った。

「被害届を出さんいうわけにには、いかんでしょうな」

大和田が言った。

「どうしてです」

「頭取に辞任して頂かないと、兼山と新見の問題処理ができません」

「じゃいずれにせよわたしに、いますぐ辞めろというんですね」

「そういうことになります」

大和田はこうなる経過を、あらかじめ想定していて、その台本通りに進行させていた。被害届を出せと切り出したときから、久慈は大和田にはめられていたということである。

神戸、大阪でいくつもの、豊島組系舎弟企業の顧問をつとめ、税務上のトラブルなどで、検察にも厚い人脈を持つと言われている大和田に仕掛けられては、さすがの久慈も抗しきれなかった。久慈は二、三日考えさせて欲しいと態度を保留した。

頭取を辞めるのは、やむを得ない。しかし、いま辞めると、通常の退職金だけでは、自宅を担保に西島から借りた二億円が払いきれない。

どうしたらいいいか。

その夜、久慈は迷いに迷って、午後十時頃やっと藤井の自宅に電話を入れた。

久慈の方から藤井に電話をかけるということは、頭取の辞任をみずから認めることだと思っていた。沈黙しつづけていれば、簡単に辞任しない意思と受け取られる。主役は誰なのかわからなかったが謀略とかクーデターといった言葉が、久慈の脳裡《のうり》一杯に広がっていた。

「きょうの話だけどね、大和田先生も言っておられたように、現在の八方塞《はっぽうふさ》がりの窮状を打開するには、やはりわたしが頭取を退くのが一番いいと思う」

久慈はしんみりした口調で言った。切り出してみると、思いの外言葉はスムーズで、こだわりも胸の奥で融《と》けていくようだった。

「頭取、なんとかほかに方法はないのでしょうか」

「うん。そう言ってくれるのはありがたいが、最善の策はそれしかあるまい。それで副頭取の君に、後任頭取を引き受けてもらいたいのだが、いくつかお願いがある」

「なんでしょうか。なんでもおっしゃってください」

間髪を入れぬ藤井の言葉に、ほかに方法はないのかと言った慰留はなんだったのかと、久慈は苦笑した。

「正直に言うと、実は自宅を担保に二億円の借金があるんだ。例の兼山が動きはじめたときの工作費。わたしが自分で借金をして払ったのでね。そのことを配慮してもらいたい」

「承知しました。その点は、退職金とは別に、いかようにも。役員慰労金という形での処理もあります」

「そう。ありがとう。もう一つは、新役員人事について、今後のことも考えた布陣を敷いてもらいたいんだ」

「でしたら頭取、頭取には代表権を持つ会長としてとどまっていただくということでどうでしょうか。もちろん役員人事は、頭取のお考え通りにさせていただきます」

「そこまで言ってくれるのであれば、明日にでも緊急役員会を開いて、君を後任にしてわたしは退任するという話をしよう」

翌日、西海銀行はN県警察本部に、藤堂組に関する被害届を出すことを決定。同時に久慈は六月の株主総会後に、代表権のある会長に就任し、後任頭取に藤井を起用することを、全員一致で決めた。

　そして記者会見で久慈は、これからは西海商工会議所の会頭として、地域経済の発展に全力を挙げる所存だと発表した。

2

「まさかねエ……」

　そう言って呉は、黒川に顔をしかめてみせた。

　いつもは事務所で、高く足を組んだりなにかの上に足をのせて、「おいおい」と顔をしかめた黒川に注意されることもある呉が、ソファーに腰を深く埋めて、両膝をきちんと揃えて座っていた。行儀の悪さが身上《しんじょう》といった呉には、珍しいことだった。

「まったくだな」

「誇り高きあの久慈のおっちゃんにしても、まさかだったのかも知れませんね」

「そんな言い方をするな。原因をつくったのはそっちなんだからな。写真なんか、だから撮らなければよかったんだよ」

「だけど大将だって賛成したんですよ」

　呉が唇を尖らせて黒川に言い返した。

「おれは反対したじゃねえか。あんたが突っ走ったんだ」

「いまさら自分一人いい子になったって、仕方ないでしょう。だけど酒井頭取の頃はよかったですからね」

言いながら呉は、黒川観光社長室の壁に掛けてある、十号ほどの油絵を、眼を細めて見上げた。

「うん。なんでも聞いてくれたからな。西海銀行っていう大きな財布を、懐《ふところ》にねじこんで歩いているようなものだった。だけど猪口さんのときも悪くはなかったぜ。酒井さんが背後に控えていたしな」

「だから久慈なんですよ。あいつになってからなにもかもまごついちゃって……」

「久慈頭取のせいじゃなくて、思い通りにならない時代に、なっちまったってことさ。銀行としては久慈頭取の代になって、やっとまともになったんだからな」

「だけどおやじさん、こんどの藤井頭取、どうなんでしょうね」

言いながら呉が、ソファーで腰をずらすといつものように高く足を組んだ。それでやっとお気に入りのポーズに入ったことになる。今年も空梅雨かと思われていたが、六月下旬になって様子は一変し、毎日強い雨が降りつづいていた。

呉にしても黒川ももちろんだったが、観光業にとって雨は、迷惑以外のなにものでもなかった。

「当分は久慈院政だろうね。代表権のある会長になったといっても、久慈さんにしてもだよ、突然頭取を辞めなければならなくなるなんて、夢にも思っていなかったはずなんだ。公認会計士の大和田っていうのが、強引に決めちまったらしい」

「だけどおやじさん、藤堂組の藤堂誠二、今朝いきなりパクられてびっくりしたでしょうね。五千万円貸してくれと言ったら、それだけでご用だってやられてしまった。これじゃもうみんな、銀行へうっかり融資してくれなんて、言えなくなっちゃいましたね」

「そうしなけりゃあ、西海銀行はどうしようもなくなっていたんだ。だから公認会計士が、社長交代を切り出したんだろうな」

六月の株主総会で、突然という感じで頭取に就任した藤井は、新しい藤井体制の人事を発表した。

みずからの後継候補としては、いままで久慈の下で二人三脚でやってきた、専務の内海正一を起用し、ついで東京支店長で、新見への融資窓口になった沢田守を常務に、もう一人、やはり取締役審査部長として、一連の不正融資の審査を担当した相良稔を常務に、それぞれ昇格させた。

これらはいずれも、久慈のスキャンダルをなんとか守りきったことへの、論功行賞《ろんこうこうしょう》人事であった。

そして、業務面で藤井を支えてきた相沢則雄が筆頭常務。新たに東京支店長になった松波宏樹が、取締役に起用された。

これで藤井新頭取―内海副頭取―相沢則雄筆頭常務のラインが確立された。

行内外でもこの結果、ポスト藤井は、藤井が短期政権なら内海副頭取、長期政権になれば相沢常務というコンセンサスになった。その後は、久慈以来の東大法学部卒で、久慈に目をかけられてきた井山文雄取締役と、もっぱらの噂になっていた。

「落合っていうのね、あれすっかり外れちゃったんですかね、おやじさん」

呉がタバコに火をつけながら聞いた。

「取締役のまんまだな」

「企画部長から、本店営業部長へ横滑りしただけですよ。ブーブー言ってるんじゃないですかね」

「言ってもサラリーマンはな、一度ラインから外れちゃうと、ウルトラCぐらいじゃ返り咲けない。難度Dの技を仕掛けるには捨て身でないとな」

「失敗したらアウトでしょう」

「難度Dだからなア」

「あれは慶応出のお坊っちゃんでしょう」

「だけど長くないと思うね、藤井頭取なんて。だからいまなら隙だらけなんだよな。落合としてみれば、久慈さんがいなくなって、もう誰にも遠慮する必要がない。ということはチャンスでもあるけどな」

しかし結局はなにも変わらないだろうと、黒川は独り言のように言った。

その夜、東京に本社を置く中央新聞西海支局長の安倍《あべ》卓也は、早々と翌日の朝刊の原稿を書き上げ、帰り支度を始めていた。

突然、デスクの電話が鳴った。受話器を取ると男の声だった。

「安倍支局長はいらっしゃいますか」

くぐもったような、どこかで聞いたことのある声である。

「わたしですが」

「お話があるのですが、ちょっとよろしいですか」

「どちら様ですか」

「名前は言えません」

「匿名《とくめい》の通報は、原則として受け付けないことになっています」

「記事にするしないはともかく、あなたにとって大変なスクープになる話です。聞いてください」

帰る間際の匿名電話で、面倒臭いなと安倍は思ったが、わざわざ自分を名指しでかけてきたのと、声にどこか聞き覚えがあったから聞くことにした。

中央新聞はもちろん全国紙の一つである。

「なんでしょうか」

「今朝豊島組系暴力団の藤堂組長が、恐喝未遂でパクられたのですが、ご存じでしたか」

「いや、聞いていません」

暴力団の恐喝未遂など、いまどき珍しくもなんともない。一体なにを言いたいのだと、安倍は受話器を放り出したくなった。

「じゃ、やはり警察は被害者が公安委員長だということで、サツ回り記者にも発表しなかったんですね」

「なに？　あなた、なにを言った？」

「順序立てて話をします。メモを取ってくれませんか」

これは面白くなってきたぞ。それにしても新聞記者の扱いがなれているなと思った。

匿名電話は大半が、単なる嫌がらせかガセネタである。しかし時々大スクープに結びつく情報も混じっている。安倍は慌てて取材用のメモ帳を広げ、椅子に座り直した。

「どうぞ。話してください」

「去る三月に極東誠心塾という右翼が、すでに皆さんご存じの、西海銀行の久慈頭取のスキャンダル絡みで、街宣をかけようとしたんです。それを久慈頭取は市内の有力経済人を通じて、藤堂組の組長に現金を渡して抑えてもらうよう依頼し、街宣は中止になった。その見返りとして、藤堂は五千万円の融資を迫ったんですが、銀行は警察に被害届を出し、警察が恐喝未遂事件として捜査し、藤堂は今朝逮捕されたんです」

「ちょっと待ってください。どうして藤堂はこっそりパクられたんですか」

受話器を肩で挟んでメモを取っていた安倍は、やっと頭を上げて聞いた。

「ですから……。ともかく、県警本部から銀行に今朝逮捕したと連絡が入りました」

どうやら匿名電話の主は、西海銀行内部の人間のようである。

「久慈頭取の女性スキャンダルは、ブラックや総会屋の怪文書が、何通か支局にも届いているのですが、要するにそういうことなんでしょうね」

「多分……。というより、もっと大きな事件につながる要素を孕《はら》んでいます」

「何ですか、それは」

「いまはまだお話しできないというか。しかし社会面トップで、何日もつづけて書けるくらいの大きいネタです」

「やはり、噂になっている不正融資絡みの問題がありそうですね」

「ともかくいまはご勘弁ください。ただ、さっき言ったことは事実です。なんでしたら、いまから警察幹部の家に、夜討ちをかけて確認したらいかがですか」

匿名の男は最後まで語らず、含みを残して電話を切った。翌日の中央新聞全国版社会面トップで、藤堂の恐喝未遂事件が報道された。

「暴力団幹部に街宣中止を依頼
見返り融資五千万円迫られる——西海銀行」

五段抜きの大見出しである。

「右翼団体から、頭取の秘密を街頭宣伝で暴露すると脅かされた西海銀行が、暴力団を介して右翼に現金を渡して抑えた見返りに、融資名目で五千万円を要求されていたことが、N県警とN地検の調べで分かった。調べによると、西海銀行の久慈悟前頭取は……」

そう続いて、極東誠心塾と、豊島組系暴力団組長藤堂誠二の名前が出ており、西海銀行の久慈会長も実名で載っていた。

記事のなかに、前頭取の秘密……と出ていたため、秘密とは一体なにかと、翌日から西海銀行の内外で、天地がひっくり返ったような騒ぎになった。

本店正面玄関受付の菊池光代は、女子行員の輪のなかで、得意満面だった。

「あなたたちにだけ教えてあげるんだから、ほかで言っちゃダメよ」

光代はそう言って、以前見た久慈と混血女の絡《から》んだ写真の話を、あちこちでして歩いた。

女子行員の間では前頭取の秘密……が一瀉千里《いっしゃせんり》の勢いで広がった。しかしその噂は、女子行員たちが自主規制を敷いたこともあり、部課長クラスにまでは伝わらなかった。

部課長クラスには最後まで、ほとんど知らされなかったのである。

日を追って騒ぎは大きくなっていった。銀行や久慈の自宅にマスコミが押しかけ、取材攻勢をかけてきた。止《や》むなく八月末に、久慈会長と藤井頭取の二人が揃って、記者会見に応じた。記者の鋭い質問に、動揺を隠せない久慈は、途中から口をつぐんでしまったくらいである。

その三日後に、中央新聞朝刊の社会面に、西海銀行事件の続報が掲載された。

「恐喝未遂事件

商工会議所副会頭、関与を認める」

続報は、このような見出しで始まり、黒川のコメントが続いていた。

「わたしの判断で、右翼側に街宣をやめるよう働きかけた」

黒川はそう述べた上で、「右翼の街宣で困っていると聞き、長年取引のある銀行が困っていると知れば、なんとかしてやろうと思うのが人情だ」と理由を説明し、「少しは銀行のためになると思った」と語っていた。

3

浴衣《ゆかた》を着て、夏の陽差《ひざ》しと西海市特有のむし暑さを避けるため、庭の四阿《あずまや》の椅子にぼんやり座っていた久慈が、急に家の中へ引き返すと納戸《なんど》に浴衣を脱ぎ捨て、ワイシャツを着込んできちんとネクタイまで結んだ。

八月末の記者会見以降、久慈は家に籠もりきりで、銀行へはもとより、散歩にも出ようとしなくなっていた。

「あら、お出かけですか。今日はお昼頃にかけて、三十四、五度に上がるそうですよ」

背広まで着こんだ久慈に、ハンカチや財布を揃えて出しながら、妻の良子が普段と変わらぬ口調で言った。

「ウン……」

「出社なさるなら、銀行へ連絡して車を回してもらいます」

「いや」

「車でないなら背広を脱いで、抱えていらっしゃったらどうですか」

「近いから。常光寺だ」

「あら」

良子が思わず久慈を見上げる。記者会見の直前にも、久慈は一人で母の墓がある常光寺へ参っていた。

元頭取の酒井の紹介で、常光寺に母の遺骨を納める墓を建ててから、そこへは花郷町の自宅からは、歩いても二、三十分の距離でしかなかったから、毎月の月忌《げっき》には欠かさず墓参りをし、祥月命日《しょうつきめいにち》には住職にお経をあげてもらい、みずからも墓前に額《ぬかず》いた。

現在の常光寺の住職は、五十七歳になる良子の従弟《いとこ》であった。

「どうする？」

玄関前で久慈が良子を振り向いた。

「わたしも行こうかしら」

「いいのか」

「なにが？」

良子はとぼけて、西海の街ではいま、人さまの嘲笑《ちょうしょう》の的《まと》になっている自分と、肩を並べて歩いてもいいのかと、そういう含みで聞いた久慈の言葉を、あっさりかわしてしまった。ちょっと待ってくださいと言って、着替えに奥へ駆けこむ。久慈は上《あ》がり框《かまち》に腰を下ろした。

この地方は日本列島の南方に位置していながら、冬には雪が降り、玄界灘がなにもかもを凍《こお》らせる。そして冬の雪以上の厳しさで夏は灼《や》けた。

久慈は早く秋になってくれないかなとつぶやいた。年を取ってからの酷暑《こくしょ》の日々は、かんじんな所で思考が麻痺《まひ》して、投げやりになり勝ちだった。

家には久慈を非難する電話や手紙などが、毎日のように舞いこんでくる。手紙は開封しなければよかったが、匿名の電話はいきなり罵声《ばせい》が殺到してくるので、逃れようがないのだった。ともかく久慈を非難するそれらの声はいずれも露骨だった。

銀行にも同じような電話が、一日に数十本はかかってくるそうである。

家へかかってきた電話に良子が出ると、あんたの亭主はわれわれの預けた金で、混血の女といちゃついたり、ヤクザや暴力団に金をやったりひどい奴だという、一方的なものだったが、良子はその電話を途中で切ったりせず、「そうですか。申し訳ありませんね」と詫びながら最後まできちんと応対した。

「なんの電話だ」

「え、なんでもありませんよ」

「すぐ切っちゃえばいいんだ」

「聞いてあげれば終わりますから」

良子は見も知らぬ人から浴びせられた罵声など、なにもなかったような態度で、逆に苛立つ久慈を慰めた。

「お待ちどおさま」

そう言いながら、白の半袖ブラウスと、こげ茶色のスカートに穿《は》きかえて出てきた良子が、笑顔で久慈に言った。

失意の久慈の前で、つとめて明るく振る舞うといった、わざとらしさが良子にはなかった。もともとあまり物にこだわらない性格である。だがそうは言ってもいま現実に起きている問題が、夫の久慈にとって、どれくらい深刻で致命的なことか、それがわからない良子ではなかった。

わかっていたからといって、ではどうしたらいいのか、当事者の久慈にもなにをすべきか見当がつかなかった。

「良子が先を歩いた方がいいな」

家の門を出て、繁華街の栄町へ下る道路の手前で、久慈が良子に言った。

「わたしが先ですか。いいじゃないですか、一緒に並んでいきましょうよ。あなたさえ嫌でなかったら腕を組んでさ」

「ばかなことを言うな」

びっくりして久慈が先に歩きだした。

西海市民にとっていまや時の人的な、久慈会長……を知らない者はいなかったから、街を歩いている久慈に気がついた人は、良子と二人を見較べて、無遠慮な視線を注《そそ》ぐに違いなかった。それが嫌だった。

「わたし本当に残念だったわ。お亡くなりになる前に一度、あなたのお母さんにお会いしておきたかった。あなただってわたしを、お母さんに引き合わせたかったでしょう」

「それねエ、自分をぼくに売りこんでいるつもりなのか?」

冗談のように久慈が言う。

「売りこんだら認めてくださるの」

「いまはね、いいですよ。こっちは弱い立場なんだから」

道の流れが右寄りになったとき、眼下に広々とした西海港が開けた。

「あら。あなたは弱い立場なんですか」

「ウン。頭取もクビになったし……」

「それだけ？」

「それだけだ。それ以外のことは、スキャンダルだなんて事実無根。唯一の事実は朝になって目が覚めたら、ホセ・マリコ・オオサキという、二十五歳で混血の、ピチピチした女のこが、裸で隣に寝ていたことだけ。こっちも五十代の半ばまでだったら、ひょっとしてなんとかなったかも知れないな」

「残念でしたか」

「ばか。わたしを挑発するつもりか」

「でもマリコさんにはその後会ったの」

良子が笑いながら聞いた。

「別府の方のキャバレーへ移ったらしいが、お金を貯《た》めて一年ほどして、ブラジルへ帰ったということだ」

「いまよりももっとマスコミがうるさくなったら、二人でブラジルへ遊びに行きましょうよ。マリコさんに会いに」

「正気か？」

「わたしっておかしいかしら」

日傘を差した良子が、自分から声を立てて笑い出した。


一方の黒川甲子三は、九月の末になって、N県警暴力対策本部から、暴力団幹部に五百万円を渡したことについて、要職にある者にあるまじき、極めて重大な反社会的行為であるとして、厳重注意を受けた。

そうでなくても中央新聞の記事が出てから、黒川の許にはテレビのワイドショー番組も含めて取材陣が連日押しかけていた。

黒川は「知らん」と「ノーコメント」以外、取材陣に一切口を利かなかった。

さらに黒川は、県警本部から厳重注意を受けた責任を取って、十月に入って西海商工会議所副会頭の職を辞し、つれて西海観光協会長も辞任。体調不良を理由に、西海市内の病院へ入ってしまった。

黒川の副会頭辞任から二週間後、久慈も西海商工会議所会頭を辞任した。

商工会議所で、会頭辞任の会見を早々と切り上げた久慈は、入院中の黒川に電話を入れた。黒川は久慈から会頭辞任の報《しら》せを受け、涙声で詫びた。

「久慈さん、申し訳ないことをした。わしも疲れた。時代がわしという人間を、もう必要としていないんです。すべて引退します。本当に身も心もボロボロだ」

時代がわたしを必要としない……。

黒川の弱気な言葉は、そのまま自分にも当てはまると、久慈は思った。

「どうしても聞きたいことがあるんです」

久慈が口調を変えて言った。

「中央新聞でしょう」

「そう」

「藤堂逮捕の情報を、一体どこから仕入れたんでしょう」

受話器を持って、首をひねっているような感じの口調だった。

「黒川さんもやっぱり、そう思いましたか。被害届を出した後で、わたしが直接県警の偉いさんに、事件が表面化しないようにって、念を押して頼みこんだんです。警察は一切発表しないと諒承《りようしよう》していました」

「内部じゃないんですか」

黒川が間髪をいれず、決めつける口調で言った。

「銀行の内部ですか……」

久慈がうめいた。

「ほかに考えられますか」

「黒川さんはどうでしたか。知っていたとおっしゃったような気がします」

「わたしが知っていたのは、藤堂が怒っているらしいということです。わたしは頭取の代わりに五百万円を払いましたが、その金は藤堂から極東誠心塾へ、街宣の中止代として支払われたんです。つまり藤堂はこの件で一銭にもなっていない。後で銀行から挨拶があるだろうと期待していたんです」

揺れる感情に突き上げられて、黒川の口調はすこしずつテンポが速まっていた。

「それはわかっていたんです。しかし、また暴力団かと銀行内部で言われそうで、まごまごしてしまった。明らかなわたしのミスです。それはそれとして立て替えて頂いた五百万円は、どういうふうにさせていただいたら、いいでしょうか」

久慈は逆に落ち着いていた。

「頭取、もうやめてください。商工会議所の副会頭と、観光協会の会長を、そのために辞めたんですからね」

「藤堂さんが怒っていることを、教えてもらいたかったですね」

「頭取、それは無理なんですよ。藤堂に挨拶をしてくれともしわたしが言っていたら、それは金を払ってやってくれということと、一緒でしょう。金の話を持ち出すと、わたしが払った五百万円も表面化して、返してくれと頭取に迫っているように、受け取られかねません」

頭取という呼び方が癖になっていて、黒川は久慈さんと言ったり、頭取と呼んだりした。

しかし頭取と呼ぶ方が滑らかで、久慈さんは言いづらそうである。

「黒川さんにはいろいろとご迷惑をおかけしてしまった……」

久慈が電話を切りたそうに言った。

「それよりもわたしは、絶対に内部告発があったと思いますが、誰がやったかとなると、人物を特定しきれません」

「人事がらみの不満分子……ですか」

「藤井頭取体制からはみ出した者。たとえば前の秘書室長の落合取締役とか」

電話でなく面と向かっていての会話だったら、黒川はここで久慈の眼を強く覗きこんだはずだった。

「ウン。彼は企画部長から本店営業部長への横滑りだけですね」

「当然常務に昇格すべきだと思うんです。それと総務部次長もやっていて、マスコミとのルートもありますからね」

「でも落合というのは佐賀の生まれでして、佐賀の旧藩主一族の末裔《まつえい》なんです。お殿さまですからね。平戸《ひらと》を中心に治めていた落合家は、茶道にゆかりの深い家柄で、茶の湯に使う茶碗や花瓶を生産する、伊万里焼や有田焼のある佐賀へ移った。落合自身はレコードが趣味で、生臭いことにはあまり興味がないはずです」

酒井時代に人事部長が長かっただけに、久慈は記憶の引き出しを、無造作に開けるような口調で言った。

「お殿さまですか」

「いや、その一族の末裔」

「たしか慶応でしたね」

「昭和三十六年の慶応法学部卒」

「頭取は東大法学部」

「わたしはね、酒井さんに拾ってもらったんです。二十八歳の入行でしたからね。彼など本当に求められて入行した。わたしのような貧乏人の出じゃないんです」

「でも頭取、昭和三十六年の入行っていったら、東京オリンピックが三十九年ですから、日本は池田内閣の高度経済成長計画に乗って、順風満帆《じゅんぷうまんぱん》の成長をつづけていましたからね、慶応出なら就職先は、東京にいくらでもあったはずです。それを彼はわざわざこんな地方銀行に職を求めたんでしょう。なんのためか考えるまでもありませんね」

「はじめから頭取になろうと思って、西海銀行へ入ったということ？」

久慈は持て余し気味に、受話器を握り直した。

「ええ。頭取の説明で納得できたんです。落合取締役はこの国の、西海市のお殿さまになろうとして、西海銀行に入った。そういうことなんですよ。この国のお殿さまっていったら、県知事か銀行の頭取とかあとは市長でしょう。彼は昔の領地を取り返したくて、西海銀行に入ってきた」

「記者会見も済んで、わたしは暇だから黒川さん、いくらでも付き合いますよ。それじゃ中央新聞にリークしたのは、落合だと言うんですね」

「彼なら、一通り知り得る立場ですから」

「なんのために。リークまでして銀行を混乱におとしいれたとしても、現在の彼に頭取の目はないんです。お殿さまにはなれない」

言って久慈は肩をすくめた。

一時期久慈も「お殿さま」と呼ばれていたことがある。特になにかあってお殿さまになったわけではなく、田舎の銀行の頭取は、「よきにはからえ」ですべての処理がつく。だからお殿さまであった。

その典型的なお殿さまだった酒井に取り入って、観光業で成功したのが黒川だった。ちょっと前まではそういうことが可能だったのである。

「落合取締役は頭取になれませんか」

「なれませんね。ポスト藤井の一番手は内海君か筆頭常務の相良君。しかし二人とも取締役の井山文雄へのつなぎの役割でしょうね」

「どうしてもなれませんか」

「運ということもあるが、そんな簡単なものではない。まず常務にならなければね。スタートラインにも並べないんです」

「じゃリーク犯は誰でしょう」

「暇になったから、二人で探しますか」

久慈が冗談のように言った。

4

平成八年十一月の末、西海銀行は平成八年度の中間決算を発表した。業務利益は六十五億七千万円と過去最高、経常利益は四十四億七千万円。ただし、不良債権の総額を百六十八億二千万円としていたが、これはあきらかに粉飾《ふんしょく》だった。

この年、日本銀行が西海銀行に行った考査で、西海銀行はA・アールと、その関連企業への融資の与信《よしん》明細書を提出。その際、事情を聞かれて、貸し出し実行の経緯や資金の使途、融資申し込みなどについて、事実に反する説明をしていた。この日銀考査に立ち会ったのは、内海正一副頭取と相良稔、沢田守の両常務だった。

だが内海にとっての致命傷は、ブラックジャーナリストのミニコミ紙で、三年前の言論圧殺と、右翼団体代表への不正融資が暴かれたことだった。

「平成五年の十月。N市内に本部を持つ右翼団体の代表に、久慈頭取のスキャンダルを週刊誌が嗅ぎつけた、抑えてやるから所有地の売買を仲介しろ、と持ちかけられ、N駅前支店長に命じ、支店長決裁枠で四千万円の融資を実行した――」

ミニコミ紙の記事だったが、予想外に反響が大きかったのは、西海銀行は右翼だの暴力団だのと、まだ関係を持っているのかと言われたことである。

事実、中間決算発表後も、西海銀行からA・アールへの不正融資が続けられていた。

それも形を変えて、西海銀行系ノンバンクの西海リースから、A・アールグループの不動産会社秀宝に、迂回融資する形でより巧妙に行われ、その大半は暴力団に流れているという噂まで広まった。

やがてN県警だけでなく、警視庁も内偵を始めたという情報が流れてきた。

総会屋や、ブラックジャーナリズムが発行する怪文書が飛び交い、銀行の内外で、相変わらず会長職にとどまる久慈への批判が表面化しはじめた。

かくて平成八年十二月、久慈は代表取締役会長を辞任し、顧問に退くことを発表、同時に副頭取の内海正一も、右翼代表の土地売買に便宜《べんぎ》を図った道義的責任を取り、久慈と並んで辞任した。

「久慈さんの力はもう必要ない。むしろマイナスに働くだけだ」

久慈の会長辞任で藤井頭取はそう公言し、長期政権を企《たくら》んで、藤井―相沢―相良ラインを強化していく。そしてみずからも融資の片棒を担いだ千葉県山武郡のオートキャンプ場予定地に、三十五億五千万円の根抵当権を設定した。

同時に、新見やA・アールの神谷に対し、はっきりと絶縁を言い渡す。

平成九年一月、新見の〈秀宝〉は西海銀行で不渡りを出して倒産。新見が〈秀宝〉、A・アールの二社を使い分け、それぞれの会社の約束手形を回していたが、西海銀行が融資手形の割り引きを拒否したため、期日を迎えていずれも不渡りとなったのである。

この責任をとらされて、東京支店長として融資の決定に関与してきた沢田守常務は、関連企業に飛ばされた。

頭取を二期つとめたことで、藤井達夫は銀行のトップの座がいかに座り心地のいいものかを、身に沁《し》みて味わった。そして不正融資の問題が出るたびに、全責任を久慈に押しつけ、みずからの関与は徹底的に否定した。

「あれは久慈個人の問題で、銀行はまったく関係ない……」

せいぜい常務までの人間だと言われていた藤井が、久慈に取り立てられ、久慈と一蓮托生《いちれんたくしよう》で西海銀行の実務面を仕切ってきたから、頭取にまで昇りつめることができたというのに、一転して自分一人、清廉《せいれん》の士を装い始めたのである。

藤井は釣りが好きで、若い頃に三キロの大鯛を釣ったことが、唯一自慢のタネだった。

料亭に行くと、芸者を相手に身振り手振りで、そのときの話をする。クラブのホステスにも、やはり同じだった。つまり藤井の芸……は、釣りザオのさばき方を真似て見せることだけ。

取引先と仕事の話をしている最中にも、鯛釣りの自慢話を持ち出し、「頭取になったので釣りも満足にできなくなった」とか、いずれ頭取を辞めたら、漁師にでもなろうと思っていると、それが藤井の口癖になっていた。経済でもなければ金融でもなかった。銀行の頭取が、そういう話は堅苦しいからと、笑ってごまかしてしまう。

平成九年六月、藤井は久慈なき後の役員人事を誰にもわずらわされずみずからの手で行った。自分一人の意見で、思い通りの人事を行う。それは藤井にとって初めて味わう禁断の果実だった。

藤井はこの新しい役員人事で、落合信博を常務に引き上げた。

藤井にすれば、自分にたいしてあまり協力的とは言えない落合を、本当なら外部に出したいところだったが、前年に副頭取の内海が辞任し、常務の沢田も関連会社に転出させてしまったため、経営会議を構成する常務以上に欠員が出て、落合を起用せざるをえなくなったのである。

同時に久慈の女性スキャンダルに絡む、不正融資の深部までの事実を知っているはずの落合を、野に放っておくのは危険と考えての、苦肉の策だった。

しかし、常務には引き上げたものの、所管は同じ本店営業担当据え置きで、経営の中枢には入れなかった。そんなくらいだったから、十四名の取締役のなかで、落合の支持者は検査部長の町田博雄一人だった。

ヒラ取締役の間、落合は月に一回の取締役会でも滅多に発言せず、目立たないように振る舞ってきた。暗愚《あんぐ》な上司は自分を越えていくかも知れない部下を、排除しようとするものだった。藤井がまさにそういうタイプの典型だったからである。

しかし常務になると情況が変わってくる。

西海銀行では、多額融資の案件は常務以上で構成する、審議会にかけて決裁する。審議会は毎月一回開かれるほか、十億円を越える融資申し込みがあると、その都度《つど》審議する決まりになっていた。それだけに、単なる多数決で審議を進行させるというわけには、いかなかったのである。

審議会のメンバーになった落合は、審議会が開かれる度《たび》に、時至るという調子で思いきり吠えまくった。

この頃の西海銀行の審議会の検討事項は、本来の新規融資案件のチェックよりも、過去に融資した案件の再点検と、融資した金の回収策がほとんどだった。

都銀も地銀も、いまや銀行は新規融資どころではなかったのである。なぜ貸してしまったのか、いかに貸した金を回収するかが、経営の最重要テーマだった。そうでなくても株価の下落や、不動産の値下がりなどで不良債権が顕在化し、ＢＩＳ基準をクリアするためには、少しでも自己資金を増やさなければならない情況に置かれていた。

　同時に西海銀行には、女性スキャンダルと不正融資が大きな問題だった。

　それを落合が激しく詰め寄る。

「秀宝およびA・アールへの融資は、その後どうなっているのですか」

「すでに融資はストップしていますよ」

「ストップすればいいという問題ではないと思います。回収の見込みはどうなっているんですか」

「それぞれ担保設定しています」

「確かに千葉の用地には、三十五億五千万円の根抵当権が設定されましたが、実際に当行の者が現地に行って確認していますか。不動産鑑定士に査定してもらっているんですか」

「なにをいまさら、そんなことを……」

　藤井に代わって相良が落合を睨みつける。相良は当時、融資をチェックする審査部長で、平成五年六月からは取締役審査部長として、その融資の実行責任者でもあった。

「相良常務はそのときの責任者でしたね」

　常務としては相良は先輩だったから、落合は丁寧な口調で聞いた。

「一体なにを言いたいのかね、落合君」

「ですからいまここでは秀宝、A・アール、それに兼山興業に行われた貸付金の回収計画について、どう対処したらいいのかを協議しているんです。それには融資の状況を詳しくご説明いただかないと、協議に参加のしようがありません」

「君だって知っていたんだろう。正義漢ぶってなんだ。着々と回収の手は打ってある」

「お言葉を返すようですが、わたしは当時の融資に関わっておりません。それに正義漢ぶってとおっしゃいましたが、ここは感情的に個人攻撃をする場ではないと思います。われわれは大蔵省のご指導に従って、ＢＩＳ基準をクリアするための協議をしているのです。いまの発言は撤回《てっかい》していただきたい」

落合は大蔵省からの天下りの河田専務と、日銀出身の鬼頭《きとう》常務に視線を移し、それから相良に向き直って言った。

「先程の発言は不穏当でした。撤回します」

相良は落合を睨みながら頭を下げた。

落合は審議会が開かれる度毎《たびごと》に、責任追及のその姿勢を変えなかった。

「またかね、落合君」

藤井が露骨に顔をしかめた。

「新見関連の融資についておたずねしますが、当行が設定した担保は不動産、株券、それにダイヤモンドとなっていますが、ダイヤモンドは鑑定をしてあるのでしょうか」

「鑑定書はちゃんとついています」

「宝石は本来、担保価値を評価されていません。当時の状況から、止むをえず担保設定をしたとしても、その場合当行から鑑定士を派遣するなり、第三者機関に鑑定してもらうとか、すべきだったのではないですか」

審議会の出席者、つまり常務以上は全部で六名。

藤井頭取、河田専務、それに相沢、相良、落合、鬼頭の四人の常務が並ぶ。そのうちいつも発言をするのは落合一人で、それを藤井と相良が受けて立つ形になっていた。

落合は天下り派の河田と鬼頭を、味方に引き込むよう意識しながら、徹底的に正論を振りかざし、藤井に議論を挑んでいった。

自分はただの一件も、不正融資の決定に関与していないというのが、落合の切り札だった。実際には多少の関与があったが、それを知っているのは久慈だけで、久慈はもう口をつぐんでしまっていた。

審議会の空気が、自分たちに不利に動いているのを感じた相良は、突然声のトーンを下げて落合に向き直った。

「君は、なにか知っているのか……」

相良は落合の強気な発言に、裏があるのではないかとかんぐったようだった。

「わたしは常識論を述べているだけですよ」

「落合常務、この問題は責任論を言い合っていたらキリがないよ」

藤井の隣で黙っていた相沢も口を挟む。

「どういうことでしょうか」

「君だって融資のことは知っていただろうということだよ」

「不正融資についてですか」

「もちろんだよ」

「それは違います」

「どこが違うんだ」

相良が大きな声で一喝した。

「先程も申し上げましたように、わたしはそのとき審議会メンバーではありませんでした。ですから当時どのような基準で審査が行われ、審議会でどう検討されたのか、わたしにはなにもわかっていません」

「もし君が審議会のメンバーだったら、会議の席上で久慈さんに、融資をよろしくと頼まれて、断れたというのか」

きめつけるように筆頭常務の相沢が言い、出席者は一瞬息を詰めた。

落合がなんと答えるか。

返事の次第では修羅場《しゅらば》になると思ったとき、落合がやや面長気味な、鼻筋の通った顔をゆっくりと上げた。

「もちろん断ったでしょう」

「ばかなことを言うんじゃない。そんな綺麗《きれい》ごとで収まる局面なんてなかったんだ！」

きっぱりと言い切った落合に、相良が吐き捨てた。専務の河田が相良の言い方に顔をしかめると、藤井があわててとりなした。

「しかしいろいろとあるけど、いずれもこの件は久慈前頭取の問題であって、西海銀行の問題ではないんだ。だからそこら辺をはっきり区別してもらわないとね」

藤井はここでも責任を、久慈に押しかぶせて言った。

平成九年の半ばになると、警視庁捜査二課とN県警捜査二課は、合同で捜査本部を設け、久慈前頭取の女性スキャンダルにからむ、西海銀行の不正融資と恐喝容疑を立件するため、本格的な内偵にはいった。

警察のその動きを無視するかのように、コンサルタントを名乗る新見から、藤井手書きの文書が、西海銀行にコピーで送りつけられた。ダイヤを担保にした十五億円の融資について、当時副頭取だった藤井が沢田東京支店長宛に送ったファックス「通常融資は難しい案件だが、頭取の意向なので融資を実行するように」という内容である。

「女子行員にワープロをうたせると、秘密がばれることを恐れた藤井が、手書きにしたものだったが、久慈が久慈がと言いつづけてきた藤井自身の、不正融資関与を裏づける、決定的な物証になるはずのものであった。

「誰かがわたしの筆跡を真似た、悪質ないやがらせだ」

藤井は取締役会で必死に弁明した。

平成十年一月。新見が再び動き出す。藤井頭取以下専務・常務の六人に、小包を送りつけてきたのだった。中を開けると一本のカセットテープが入っていた。

実は西海銀行は平成五年に、千葉の山林について三十五億円の融資を実行したとき、その根抵当権を設定していなかった。担保をとらずに融資したわけである。そこで平成八年十二月になって、藤井は当時会長だった久慈と相談し、この用地に三十五億五千万円の根抵当権を設定することを決め、久慈と一緒に上京して新見を説得した。

新見から送りつけられたテープは、そのときのやりとりを録音したものであった。テープには新見の声に混じって、久慈会長と藤井頭取、それに東京支店長の沢田の声がはっきりと記録されていた。いうまでもなく不正融資を実行していたことの動かぬ証拠だったのである。

新見はテープと一緒に、毛筆で次のように書いた手紙も同封していた。

「冠省《かんしょう》　用件のみお伝えする。使用済みにしたいと思っていたが、今回の融資に応じなければ、このテープを公表する」

簡潔な文章だけに、逆に新見の覚悟が窺えた。それだけ新見は追いつめられていたと考えられる。

藤井は早速、相沢と相良を呼んで相談した。

「どうしよう。正直言ってテープにとられているとは思わなかったし、前頭取の不始末とはいえ、わたしの声まで録音されているのは、やはりまずいな」

「放っておきましょう。これは久慈頭取時代の問題なのですから」

相良はテープは裁判では証拠価値がないから、気にすることはないと言った。

「しかし、わたしの声が入っているんだぞ」

藤井はおろおろしていた。

「強気に出ましょう。これはまさしく恐喝事件です。このまま警察に届け出たらどうでしょうか」

相沢が強い口調で言い、それで決まって新見が送ってきたテープと手紙は、N県警捜査二課へ持ちこまれた。

「頭取、落合常務が緊急にお話ししたいことがあるので、頭取室へうかがってもいいかと申しております」

女性の秘書課員が藤井に言った。三月決算を目前にして、銀行はどこも目の回るような忙しさである。酒井、猪口、久慈と受けつがれてきた藤井の頭取デスクにも、決裁を求める書類が山のように積み上げてあった。

「よろしいですか」

軽いノックで落合が入ってきた。

「緊急の話ってなんだ」

藤井はデスクに座ったまま、気鬱《きうつ》そうな顔を上げた。

「総務部長の若生君に、マスコミや警察の動向について、情報を集めさせていましたが、三月中に、当行から逮捕者が出るらしいと、どうやらそういうことのようです」

「三月中にって、まさかわたしのこと？」

「わかりません」

「困るよ。わたしでないなら、相良常務だろうか」

「名前までは判明していないそうです」

「じゃ噂だろう。噂っていうのは当てにならないからなア」

「若生君の話では、県警に食いこんでいるブン屋の情報ですから、信頼できるということでした」

落合は猟犬のような隙のない眼で、鋭くデスクの藤井を見つめた。

「しかし、まだ逮捕者を出したわけじゃないからな」

藤井の顔はこわ張っていた。

「逮捕者を出してからでは手遅れでしょうね。それに今期は不良債権を全額償却すると、赤字に転落します。そこへ総額八十億円近い、A・アール関係不正融資が発覚したら、西海銀行はどうなるでしょうか」

「どうなるんだ」

藤井の声は震えていた。

「はっきりしています。一人でも縄つきを出したら、その瞬間に頭取は辞表を出すしかありません」

「わたしに辞めろというのか！」

藤井は蒼白い顔で叫ぶように言った。

「はっきり言ってそれしか、大蔵省や世間にたいし、申し開きする方法はありません」

頭を抱え、藤井が大袈裟に天を仰ぐ。

「相沢常務に次をやってもらうか」

泣くように言った。

「それはなりませんね」

「どうして？」

「相沢さんは不正融資を承認したときの、審議会の重要メンバーでした」

「じゃ河田さんに頼むか。大蔵省出身だし、監督官庁も受け入れやすいんじゃないか」

「当行は生《は》え抜《ぬ》きが頭取になるという、地方銀行としては特筆すべき伝統を持っています。それを破ることはできないでしょう。ここで河田専務を頭取に起用して、ＭＯＦの天下り指定ポストにしてしまおうものなら、頭取は先輩やＯＢに顔向けができなくなります」

「じゃ相良君は……」

「とんでもない。数々の不正融資の責任者じゃないですか」

「生え抜きで常務というと、後は君しかいないじゃないか」

「わたしがやります」

「なに……」

息を飲み、藤井が驚いて落合のきちんと櫛《くし》を入れたビジネスマンヘアを見上げる。落合は藤井の弱々しい目を、弾き返すようにまともに見返して言った。

「わたしが頭取をやって、この難関を切り抜けます」

「それでは相沢君や相良君が納得しないよ」

首を振り藤井が拒《こば》んだ。

「お二人には辞めていただくことになります」

「なにをバカなことを言っているんだ」

温和な藤井が珍しく声を荒《あら》らげた。だが、落合は一歩も退《ひ》かない。

「不正融資問題を解決する資格のあるのは、現在の常務以上の経営陣では、わたししかおりません」

「君……」

「捜査がかなり進んでいる現状では、少しでも不正融資に関与した役員では、経営を背負ってはいけないのです。それに次の頭取を決めた後で、その人が不正融資に関わっていたことが発覚したら、今度こそ大蔵省が乗り出してきます」

「君はどう解決するつもりなんだ」

追いつめられた藤井は、ファックスによる融資の実行指示という、不正融資関与の物証もあり、落合の言うように、厳密に追及されたら、やはり頭取辞任は避けられないだろうなと、深い吐息で観念した。

「それは捜査の進展次第ですが、当行からは犯罪者を出したくありません」

「犯罪者って？……」

「ですから当行から、罪になるような人、縄つきは出したくないということです」

「相沢君や相良君は、じゃどうするつもりかね」

「次期役員人事は、わたしの一存で決めさせていただきたいと思っています。それに当行の伝統は、前任者からの禅譲《ぜんじよう》ですので、頭取がスムーズにわたしを指名してくだされば、コトは済むと思いますが」

「で、わたしは、どうなるんだ」

藤井も自分の身が心配になってきた。

「代表権のある会長は無理です。それよりも頭取には、相談役に残っていただきたいと思っています。その方が司直《しちょく》の受けもいいでしょう」

「相談役なら不正融資の件は大丈夫なんだろうな」

「いつも頭取がご自分でおっしゃっていたように、不正融資の直接の当事者は前頭取です。ただ経営陣の一角に連なっていて、その暴走を止めなかった責任は問われると思いますが、わたしは最善の努力をいたします」

「………」

「頭取、ご決断ください」

なおも迫る落合に、藤井はしばらく無言で窓の外を眺めていたが、そのままの顔でポツリとつぶやいた。

「君に……やってもらおう」


中央新聞西海支局長の安倍卓也は、西海銀行本店会議室で開かれた、平成十年三月期の決算発表と、頭取交代の記者会見に出席して、銀行側が事前に用意した決算報告書に目を落としていた。

いつものことながら、銀行に限らず企業の決算報告書は、意味不明な数字の羅列《られつ》で、何度教えてもらっても理解できないものだった。

もっともそれは安倍が社会部の出身で、経済情報にそれほど関心がないせいもあった。

本来なら、今回の決算報告の記者会見は、若手に任せておきたいところだったが、久慈前頭取退任のきっかけになった記事を書いた当事者として、その興味だけで顔を出したのである。

記者会見の前半は、経理担当役員の面白くもない説明が続き、あくびを噛み殺していた安倍が突然顔を上げたのは、新頭取に就任した落合の挨拶に入った瞬間だった。

「大変な時期に、藤井前頭取から大役を拝命いたしました落合でございます……」

鼻にかかった低い声。

安倍はオヤッと思った。どこかで聞いた気がする。改めて目をつむって聞く。間違いない。

あの夜の匿名電話の声と、まったく同じだった。目をつむるとそれが一層はっきりとわかってきた。

新頭取になった落合とは、西海銀行関係以外でも、西海市関連の各種パーティーで会ったのをはじめ、県北経済についてや、金融情勢の見通しなどについて、何度も取材をしてよく知っていた。

落合ならわざわざ安倍を名指しで、タレこむ相手に指名してきたことも納得できた。多分落合は、地元紙の記者に通報すれば、そのまま藤井頭取一派の役員に筒抜けになると恐れ、あえて全国紙の中央新聞に、電話をかけてきたものに違いなかった。

そうだ、そうに違いないと安倍は思った。

それにしてもよくあの程度のタレこみで、クーデターを成功させたものである。銀行経営の根幹が揺れつづけていた最中だったから、つまり西海銀行の屋台骨《やたいぼね》が、そこまで腐ってしまっていたから、お伽話《とぎばなし》のような単純なことで、政権がひっくり返ってしまった。

そうに違いない。

落合にしても、自分の所へタレこみの電話をかけてきたそのとき、将来の頭取の椅子の奪取まで、果たして計算できていたかどうか。安倍は、そこまでは落合も計算できなかったはずだと思った。

だが仕掛け人の手に、すべてが転げこんでいまピリオドが打たれた。

記者会見が終わったとき、余程《よほど》近づいていって落合に、タレこみ電話はあんただったんだろうと一言、言ってやろうかと思ったが、安倍はやめにした。知らないフリをすることも、記者としての蓄積になる。

安倍はそのまま西海銀行を後にした。

新頭取に就任した落合信博は、経営陣の若返りと、経営の健全化を前面に打ち出して、相沢、相良の両常務と藤井派取締役三人の合計五人を追放した。

新人事では、若手のホープ井山文雄、萩野司《はぎのつかさ》両取締役を常務に昇格させる。

落合人事は、人事の名人と言われた久慈人事より、はるかにドラスティックだった。久慈は古い体質の一掃をモットーに、古い体質の酒井、猪口時代の役員を根こそぎ排除したが、落合の場合は、それに不正融資問題が絡んでいた。

それだけに西海銀行内で、落合によるこの人事は好感をもって迎えられた。落合は不正融資問題を隠れ蓑《かくみの》に、いままで自分を排除してきたライバル重役たちを、完璧に一掃してしまったのだった。

平成十年五月二十九日、西海銀行頭取の落合信博は、久慈悟元頭取、藤井達夫前頭取、相良稔前常務、沢田守前常務の四人を商法の特別背任容疑で告訴。これを受けて、警視庁捜査二課とN県警捜査二課は、前記四人に加え〈秀宝〉社長の新見和義、およびA・アール社長、神谷修一の計六名を逮捕した。

（本作品はフィクションであり、実在の個人・団体などとは一切関係がありません）

解　説

郷原　宏

清水一行氏は小説の行間に人生を感じさせる、近ごろでは珍しい作家のひとりである。その作風はいわゆる女房リアリズムでもなければ人生派風でもなく、まして私小説や心境小説とはほど遠い世界なのだが、にもかかわらず、そこにはいつもしみじみとした人生の風が吹いていていて、読者をしばしその前に立ち止まらせる。そして読み終えてふたたび歩み始めた読者に、わが人生もまんざら捨てたものではないなと感じさせる。その作品世界に流れている人生という時の濃密さにおいて、あるいはまた同じことだが、それが私たちの人生に与える手応えの確かさにおいて、この三十年間、清水氏の右に出る作家はいないといっても過言ではない。

この作家のもうひとつのめざましい特長は、作品の間口が広く、奥ゆきもまた深いということである。本書の読者ならよくご存知のように、清水氏は昭和四十一年（一九六六）に『小説兜町《しま》』をひっさげて文壇に登場して以来三十数年間、つねに第一線にあって片時も休むことなく小説を書きつづけてきた。そのレパートリーは『重役室』『首都圏銀行』『頭取室』などに代表される企業情報小説をはじめ、『最高機密』『同族企業』『投機地帯』などの企業サスペンス、『動脈列島』『動機』などの社会派ミステリー、さらには『巨頭の男』『ふてえ奴』『太く短かく』などの痛快人物伝に至るまで、現代小説のほぼ全領域にまたがっている。作品の種類と数量だけについていえば清水氏を上回る作家がいないわけではないが、質量ともに相まってこれだけの威容を誇る作家は、おそらく松本清張以来のことである。

しかし、この作家の最大の功績は何といっても会社や企業を初めて小説のテーマに取り上げ、企業戦士たちの意識と行動をリアルに描き出したところにある。私は新入社員だったころから清水作品を教科書にして戦後日本の資本主義のしくみを、とくに一九六〇年代以降の高度経済成長の裏側に隠された事情をつぶさに学んできた。テーマがテーマだけに、それは必ずしも心温まる物語ばかりではなかったけれど、どの時期のどの作品も、読み進むにつれてしばし眼前の貧寒な現実を忘れさせ、より高度で不可視な現実に目ざめさせる力を持っていた。おかげで私は新聞やテレビの報道の向こう側にあるものが少しは見通せるようになり、限られた交友範囲のなかではいっぱしの事情通をもって任じることができるようになった。清水作品から同様の恩恵をこうむった読者は多いはずである。

さて、この『銀行恐喝』は、『不適切な拘《かか》わり』という原題で「小説宝石」一九九九年三〜八月号に連載されたあと、同年九月に文庫オリジナルとして光文社から刊行された。題名のとおり、ある地方銀行に対する恐喝事件を銀行の内部から描いた企業情報小説の力作である。

『不適切な拘わり』という、今となってはいささか奇異に感じられる原題は、当時一世を風靡《ふうび》した流行語「不適切な関係」から採られている。一九九八年、クリントン大統領とホワイトハウス実習生モニカ・ルインスキー嬢とのセックス・スキャンダルが全米を、いや全世界を驚倒させた。弁明のためにテレビに登場した大統領は、自分たちの関係を「不適切な関係」と表現して再び人々の失笑を買った――といえば、ああ、そんなこともあったなと思い出す人も多いだろう。ことほどさように事件と流行語は移ろいやすいが、この作品自体はいささかも古さを感じさせない。

物語は平成六年（一九九四）一月末、九州N県西海市の西海銀行本店頭取室から幕を開ける。地元選出の元代議士から政治献金の継続を要求された久慈悟頭取が、大蔵省の行政指導を口実にやんわりと拒絶したところ、腹を立てた元代議士が「あんた命ば狙《ねら》われとるんよ。古くからの取引先を軽んじる怪《け》しからん頭取は、この際消してしまえと息まいている連中がいる」と捨てぜりふを吐く場面である。清水氏は昔から書き出しのうまい作家として知られているが、このオープニングシーンもまた、改革派の頭取と旧勢力との一触即発の危機を予感させて間然するところのない名場面である。

初出掲載時には「この作品はフィクションであり、登場する個人、組織等は、実在するものとはいっさい関係ありません」という編集部の断り書きがついていたが、読者の多くは、それが長崎県佐世保市の親和銀行をモデルにしたものであることを承知していた。この地方銀行の元頭取と外国人ホステスの「不適切な関係」をめぐるスキャンダルと、それに端を発した巨額不正融資事件は、クリントン事件ほどではないけれど、全国紙でもかなり大きく報道されていたからである。

久慈頭取の改革路線に恨みを持つ者といえば、地元観光業界のボスで西海商工会議所副会頭の黒川甲子三《きねぞう》以外には考えられない。黒川は戦後のどさくさにまぎれてのし上がり、第一回衆院選に立候補した二代目頭取東田誠一郎の選挙運動を通じて西海銀行に食い込んだ。そして「西海銀行中興の祖」と呼ばれた親分肌の四代目頭取酒井和義にかわいがられて事業を拡大し、今では西海市を代表する実業家と目されている。

西海銀行初のインテリ頭取として銀行の体質改善と経営近代化を推進する久慈にとって、この「片足を闇の世界に突っ込んだ男」は一番厄介な存在だったが、それは一方の黒川グループにとっても同じことだった。融資制限というかたちで自分たちを疎んじ始めた久慈を排除すべく画策し、ついには美貌のブラジル人ホステスを利用したセックス・スキャンダルを捏造する。酒井頭取の時代なら、それは酒席のうわさ話で終わってしまうような事件だったが、清廉な愛妻家として聞こえた久慈頭取にとっては致命的な痛手であり、以後その弱味につけ込んだ暴力団や闇の紳士たちの跳梁《ちょうりょう》を許すことになる。

金融機関と裏社会との癒着は、もちろん昨日や今日に始まった話ではない。江戸は元禄の昔から「金貸しに白い手の持ち主はいない」といわれてきた。世の中きれいごとだけではすまないことは、自分で金を稼いだことのある大人なら誰でも知っている。ただ、つい十年ほど前までは、表社会と裏社会の間には厳然たる一線があり、どちらからもそれを越えてはならないという暗黙の了解があった。そこで危うく表と裏、ヤクザとカタギのバランスが保たれていたのである。

ところが、平成時代の始まりと同時にその一線が消滅し、表裏の区別がつかなくなった。日本を代表する大手証券や都市銀行の幹部が、悪代官に取り入る悪徳商人よろしく一介の総会屋の前に膝を屈し、何十億円という不当な利益を供与したという信じがたい事件も起きた。これはもうバブルの崩壊にともなう一時的な社会現象といった生やさしい事態ではない。資本主義の最終段階は金融資本主義だといわれるが、その金融資本主義の内部崩壊が始まった証拠と見なさなければならない。

西海（親和）銀行事件は、こうした金融崩壊現象の最初の徴候だったといっていいだろうが、清水氏はそれを表には強いが裏に弱いインテリ頭取の半生に即してリアルに、まさしく「人間の顔をした経済学」として描き出している。企業経営も私たちの生活も先の見通しの立てにくい時代だが、清水一行氏の小説を読んでいるかぎり、人生の道に迷う心配だけはなさそうである。

二〇〇三年四月

この作品は1999年9月光文社より刊行されました。

徳間文庫をお楽しみいただけましたでしょうか。どうぞご意見・ご感想をお寄せ下さい。
宛先は、〒105-8055　東京都港区芝大門2-2-1　㈱徳間書店「文庫読者係」です。

徳間文庫

銀《ぎん》行《こう》恐《きよう》喝《かつ》

2003年5月15日 初刷

著者 清《し》水《みず》一《いっ》行《こう》

発行者 松《まつ》下《した》武《たけ》義《よし》

東京都港区芝大門二—二—二〒105—8055

発行所 株式会社徳間書店

電話 編集部〇三(五四〇三)四三五〇
販売部〇三(五四〇三)四三二四

振替 〇〇一四〇—〇—四四三九二

印刷 図書印刷株式会社

製本 株式会社明泉堂

〈編集担当 吉川和利〉

ISBN4-19-891888-0 (乱丁、落丁本はお取りかえいたします)